Une saison à Rome

Du même auteur

Chez le même éditeur

Les poings sur les i, roman, 1986

PAULINE VAILLANCOURT-ALLASIA

Une saison à Rome

roman

ÉDITIONS PIERRE TISSEYRE
8925, boulevard Saint-Laurent — Montréal, H2N 1M5

Dépôt légal 3ᵉ trimestre 1992
Bibliothèque nationale du Canada
Bibliothèque nationale du Québec

Données de catalogage avant publication (Canada)

Vaillancourt-Allasia, Pauline

Une saison à Rome

ISBN 2-89051-483-8

I. Titre.

PS8593.A5255S24 1992   C843' .54   C92-096826-0
PS9593.A5255S24 1992
PQ3919.2.V34S24 1992

La couverture est un photomontage de
Hélène Meunier

1234567890 IML 987654321
10686

1

Le palais est romain, le décor flamboyant. Évelyne en gardera un souvenir à la fois confus et vivace.

Elle vient de franchir avec Manlio une porte minuscule découpée dans un immense portail. Manlio a dû se baisser pour passer. L'escalier de marbre qu'ils empruntent maintenant est obscur et frais comme une conque marine.

— C'est un vieil hôtel particulier qui a connu des jours meilleurs, explique Manlio. Il a passé de famille en famille. Je ne sais plus très bien à qui il appartient.

Qu'importent les noms? Évelyne les oublierait sur-le-champ. À son avis, elle pourrait aussi bien se trouver chez Amphitryon ou chez Fellini.

L'escalier n'en finit plus. Il débouche sur un palier haut perché. Au fond, une porte s'ouvre sur un enchantement. Évelyne hésitera, plus tard, à employer un mot aussi usé. Pourtant, elle n'en trouvera pas de meilleur.

○

Des flambeaux fichés aux murs animent de reflets dansants tentures, miroirs dorés et fauteuils satinés. Des amours en stuc lui sourient du haut des plafonds peints. Les appartements donnent sur une terrasse qui croule de fleurs, de bougies, d'invités qui s'adressent à Évelyne indifféremment en français ou en anglais. Elle n'en croit pas ses oreilles. Tous connaissent le Canada, y sont allés ou s'apprêtent à le faire. Le Québec aussi. Le Québec se porte beaucoup. Évelyne ne l'aurait jamais cru.

Les amis de Manlio sont urbains, policés. Élégants. Manlio aussi est urbain, policé. Et florentin. Comment peut-il connaître tant de gens à Rome? Allons donc, un journaliste. On l'invite partout. Ce soir, il l'a présentée au maître de maison, un designer hautain qui lui a dit: «Les styles, il n'y a que ça; rien en décoration ne se démode plus vite que la mode.» Manlio promène un sourire conquérant, légèrement narquois de groupe en groupe. Évelyne ne le reconnaît plus, elle n'arrive pas à retrouver le regard tendre et aimant qu'il pose sur elle quand il l'embrasse.

On se l'arrache. Elle aussi. On lui pose un tas de questions, on n'écoute pas toujours ses réponses. Quelqu'un survient qui coupe le fil des propos et enchaîne sur un autre sujet. Des garçons gantés de blanc circulent avec des plateaux en argent. Devinent-ils sa gêne? Ils lui offrent du vin et des friands d'un air encourageant. Elle leur sourit en retour. Elle ne devrait peut-être pas mais elle ne peut s'en empêcher.

— Pardon?

Un homme, la soixantaine entamée, redingote, cravate noire, souliers Gucci, lui demande si elle ne trouve pas Rome un peu périphérique. Il insiste:

— Rome ne vous semble-t-elle pas un peu provinciale?

Rome, une ville provinciale? Évelyne répond que non, au contraire. Puis elle se détend. Les Italiens adorent se dénigrer et dénigrer ce qu'ils adorent. Elle s'en doute, ce monsieur distingué ne s'attend pas qu'elle abonde dans son sens. Elle le rassure. Elle aime Rome. À l'exception, toutefois...

— À l'exception?

— Des églises baroques. Je les trouve déconcertantes. Toutes ces statues qui gesticulent. Et ces dorures. Ce n'est pas sérieux.

Le gentilhomme semble ravi. Il connaît tout sur les églises baroques. Il connaît tout sur tout. Il regarde Évelyne avec intérêt.

— Le baroque, dit-il, a été créé pour relancer Rome après la réforme luthérienne, les guerres de religion, la peste. C'est l'expression même de la vie avec sa gestualité et son mouvement.

— Je sais, répond Évelyne. Après tant de destructions, le baroque a été voulu pour une Rome différente, plus belle encore. Unique. Mais dans les églises? Où est la dévotion?

— L'église baroque parle au cœur et aux sens autant qu'à l'esprit. Elle a été conçue pour la prédication, pour la persuasion. Elle n'est pas frivole, elle est accueillante. C'est une église en fête. Elle...

Une femme en robe longue et décolleté plongeant s'empare de son aimable compagnon. Évelyne ne saura jamais le dernier mot de la phrase. Ni le fin mot de l'affaire. Dommage. Elle a un vieux compte à régler avec le baroque romain. Marcel, son ex-mari, le détestait. Qu'est-ce qu'il disait, Marcel, au sujet du baroque romain?

La fatigue, à l'improviste, paralyse la pensée d'Évelyne. Arrivée de Montréal ce matin même, elle a peu dormi et c'est sa deuxième réception de la journée.

Il y avait un récital de poésie, cet après-midi, au Centre culturel canadien. Évelyne n'a pas voulu se dérober, la poétesse invitée est une amie de jeunesse.

○

Un après-midi fatigant. Des rencontres inattendues. D'abord Colette, une ancienne compagne de classe, mariée à Rome. Puis Jean-Luc Francœur, sa vieille flamme — un revenant! Un homme qu'elle n'a jamais oublié.

Et pour finir, Josyane. Sa fille Josyane s'est amenée, cet après-midi, en plein récital. Évelyne la croyait en Grèce dans un camping.

Et cette soirée n'est pas reposante non plus.

Évelyne aurait préféré avoir Manlio pour elle toute seule. Après douze mois de séparation! Pourquoi l'avoir amenée ici au lieu de... Au lieu de se consacrer entièrement à elle? Parfaitement. En fait, où est Manlio?

Évelyne le cherche des yeux, le repère. Ou plutôt, non. Son regard a été saisi par un autre regard. Une femme somptueuse est debout à côté de Manlio. Leurs regards se croisent, celui de la femme et celui d'Évelyne.

Manlio finalement l'aperçoit. Ce n'était pas trop tôt. Il met le cap sur elle, la prend par la main, la tire dans la cohue vers la belle inconnue. Présentations.

— Guia, Évelyne, une amie de Montréal. Évelyne enseigne l'histoire de l'art, ajoute-t-il, comme s'il s'agissait d'une confidence. Déjà, il l'entraîne vers le buffet.

— Tu as soif?

Évelyne, fascinée, se retourne malgré elle. Elle regarde Guia. Blonde, une peau mate de brune et des yeux mordorés. La taille moyenne, mais un port! Elle donne l'impression d'être grande à force de hauteur.

— Qui est-ce?

— Je viens de te la présenter. C'est Guia, une amie de toujours. Je la croyais à la mer, à Forte dei Marmi.

Pourquoi cette précision? Manlio ne s'attendait pas à rencontrer Guia ici ce soir? Elle doit être sa maîtresse.

Manlio s'affaire, on leur verse deux coupes de mousseux. Évelyne se retourne, elle croise de nouveau le regard de Guia. Qui devait l'observer depuis un certain temps et continue à le faire sans ciller. Elle lui sourit de loin.

«Un regard qui griffe, pense Évelyne. Qu'elle est belle», ajoute-t-elle pour elle-même.

Déjà Guia fond sur eux de son pas sinueux. Elle les enveloppe d'un regard insistant. Elle a flairé, avec un instinct sûr, le sentiment qui les unit. Sans se soucier de fournir la moindre explication, elle s'empare du bras de Manlio. Le geste est nonchalant mais c'est un geste de propriétaire. Elle emmène Manlio vers le fond de la terrasse.

Que se disent-ils? Sont-ils en train de se quereller, de se réconcilier? Sont-ils enlacés, sont-ils...?

Déjà Manlio revient.

— Allons, nous finirons la soirée ailleurs. (Il lui sourit d'un sourire prometteur.)

Ils empruntent pour sortir une porte de service. Ils se sauvent comme des voleurs sans saluer personne. Manlio la regarde tendrement, il accentue la pression de sa main sur son bras. À l'improviste, il s'arrête au milieu d'un palier, il se penche sur elle. Évelyne le regarde avec des yeux nouveaux. Les yeux de Manlio sont caressants, mais un pli de contrainte durcit encore sa lèvre.

— Et de deux, songe Évelyne. Cet après-midi, le Père Francœur aussi avait un air contraint quand elle l'a abordé. Jean-Luc Francœur. Manlio.

Aujourd'hui, elle collectionne. Des réceptions. Des déceptions.

○

— *Buona sera, Professore!*
— *Buona sera, Tullio.*
— Une goutte d'amaro pour terminer?

Tullio verse la liqueur d'herbes dans le verre de Jean-Luc. Il a les mêmes mots et les mêmes gestes que son père, Augusto, il y a trente ans. La trattoria étroite, mal éclairée, banale comme autrefois. Mais la chère y est soignée, le service efficace. Trois décennies de travail en famille en ont fait une bonne trattoria. Le vin, un petit blanc des Châteaux romains, est de la maison. La caissière est la femme de Tullio. Avant elle, c'était la mère qui s'asseyait sur le haut tabouret. Au mur, en face de l'entrée, trône le portrait d'Augusto tel qu'il était dans son jeune temps.

Rien n'a changé, ou si peu. Il y a trente ans, Augusto aurait dit:

— *Buona sera, Reverendo.*

Jean-Luc sort. Il a à peine touché à son verre.

○

Dehors, il fait encore jour. La lumière semble émaner de la chaussée, des carreaux embrasés des fenêtres. La nuit tombe mais le jour persiste. Pour Jean-Luc, le crépuscule est un moment équivoque. Les vérités cachées remontent à la surface, s'éclairent l'espace d'un instant puis éclatent comme des bulles. Insaisissables, non saisies, et pourtant, semble-t-il, à portée de la main.

Ce soir les bulles mettent plus de temps à disparaître. C'est un bonheur inattendu. D'instinct, Jean-Luc ralentit sa course. Un vers du «Paradis» monte à ses lèvres:

«*E non voglio che dubbi, ma sia certo,
che ricever la grazia è meritorio
secondo che l'affetto l'è aperto.*»

Il l'a mis en exergue à son *Essai sur Dante*, il l'a traduit lui-même:

«Et je veux que cela soit clair et sans équivoque,
On peut mériter la Grâce à condition de la désirer.»

Un doute, comme un caillou pointu, sur les derniers mots de la strophe. «À condition de la désirer». Jean-Luc aurait préféré: «Si l'on est ouvert à l'amour.» Mais ne serait-ce pas s'éloigner de la lettre? Accuser l'influence d'Alicia?

Que l'on écrive, que l'on traduise, on n'est jamais certain de rien.

Son commentaire palpite en lui, il le sent monter comme un pain qui lève. L'inquiétude aussi. Est-il à la hauteur du plus grand des poèmes? Est-il digne du «Paradis» de Dante? Comme toujours, il en doute. Comme toujours, il espère. Jean-Luc a trop investi dans ce travail, il n'est plus à même de le juger. Du recul, il lui faudrait du recul. Mais le temps manque.

Demain, Jean-Luc sera fixé. Son essai est dans la serviette de cuir au bout de son bras. Il s'en va le déposer chez le professeur B. dont il attendra le verdict. Le professeur B. est un spécialiste de Dante.

Mais pour Jean-Luc c'est surtout un ami, celui qui l'a initié à *La Divine Comédie,* il y a de cela longtemps, ils étaient jeunes, tous les deux. Jean-Luc avait quitté l'université Grégorienne et les ordres depuis peu. Il avait abandonné l'état ecclésiastique mais il s'obstinait à rester à Rome. Il s'était plongé dans l'étude de Dante. Le professeur B. avait été son maître. À l'époque, il était à peine plus âgé que ses élèves. Son regard inspiré, ses accents inimitables le mettaient au-dessus de tout le monde. Un homme plus grand que nature. Pourtant, on l'adorait pour son humour et son humanité.

Que dira B. de son commentaire, que pensera-t-il de sa version du «Paradis», la partie la plus difficile de *La Divine Comédie!*

La serviette de Jean-Luc pèse lourd au bout de son bras. Il a l'impression de tenir sa vie dans sa main. Sa vie avec son poids et son sens en admettant qu'elle ait l'un et l'autre, l'un ou l'autre, ou aucun des deux. Avec Jean-Luc, il en va toujours de même. Il met le cap sur l'absolu puis, chemin faisant, il doute.

Bientôt le départ, la fin de l'année sabbatique. Dans quelques jours il devra prononcer une conférence au Centre académique canadien, une autre à la Délégation du Québec. «La jeunesse de Dante.»

de l'église, des yeux elle cherche un coin tranquille où elle pourra se concentrer. Elle repère une chaise, ni trop en avant, ni trop en arrière, elle y jette sa veste pour l'occuper. Elle a eu de la chance. Une jeune fille, sourire aux lèvres, la talonnait de près. À l'aide d'un livre, d'un foulard de soie et d'une paire de gants, elle vient de prendre, à elle seule, quatre places du même coup!

Qui a dit de Rome que c'est une ville indolente? Ici, il faut toujours courir, il faut toujours faire vite, qu'il s'agisse de traverser une rue ou d'attraper un bus. Le rythme est rapide, que l'on soit à pied ou derrière le volant d'une voiture. Cela exige de bons réflexes.

Le concert commence dans un quart d'heure. Alicia sort de l'église et traverse la place pour en admirer la façade concave, dynamisée par les reflets du couchant. Dans la conception de l'église Sainte-Agnès, Borromini, l'architecte illusionniste, s'est servi des rayons du soleil comme d'un matériau fin. Ils s'infiltrent entre les clochetons ajourés de l'église, ils explosent entre les échancrures de la pierre, fusent, tamisés, derrière les volumes pleins des campaniles jumeaux. Le soleil se coule dans les ajours, éclate entre les interstices, se démultiplie en un jeu savamment orchestré. Il s'esquive, à la fin, dans un poudroiement d'or. Borromini, l'architecte magicien.

Avec l'orage qui menace, l'effet est encore plus saisissant. De gros nuages blancs, gonflés comme des voiles, ont envahi le ciel. Le soleil les assiège de flanc, il les transperce de rayons obliques. Nuages et lumière forment une sorte d'apothéose, la même que l'on retrouve, bronze et marbres conjugués, dans les églises et les palais baroques.

Au milieu de la place, la fontaine des Quatre-Fleuves jaillit, hardie et moderne, avec sa masse en hauteur reposant sur le vide. Mais elle a quatre appuis, solides et insolites, comme la tour Eiffel à qui elle aurait servi de modèle.

La fontaine du Bernin est une vieille connaissance. Après le concert, Alicia s'installera à la terrasse du Café de Colombie juste en face d'elle. Maintenant elle n'a pas le temps, le concert va commencer.

Elle regagne l'église et s'installe à sa place, ferme les yeux, garde les paupières bien serrées. Quand elle les rouvre, après un bon moment, elle est toute attente.

○

L'église est parée, comme à l'accoutumée, pour une fête subtile des sens et de l'esprit. En haut, dans la coupole, des anges et des saints tournoient avec lenteur dans des nues chatoyantes. Il ne faut pas trop les regarder, on se mettrait à tourner avec eux. Le profane se mêle délicieusement au sacré — l'idéal, songe Alicia, pour savourer de la musique baroque. Une seule ombre au tableau, l'absence de Jean-Luc à ses côtés.

Mais Alicia est philosophe, ce sera pour une autre fois. Tôt ou tard, ils vivront ensemble, elle le sait. Ils sont faits l'un pour l'autre. Il est idéaliste, elle est pragmatique: deux notes chromatiques sur portées différentes. Ils s'accordent, pourtant. La hauteur du ton? La simultanéité?

Harmonie concertée. À l'idée de se séparer de Jean-Luc, Alicia se raidit. S'il allait accepter cette

de l'église, des yeux elle cherche un coin tranquille
où elle pourra se concentrer. Elle repère une chaise,
ni trop en avant, ni trop en arrière, elle y jette sa
veste pour l'occuper. Elle a eu de la chance. Une
jeune fille, sourire aux lèvres, la talonnait de près. À
l'aide d'un livre, d'un foulard de soie et d'une paire
de gants, elle vient de prendre, à elle seule, quatre
places du même coup!

Qui a dit de Rome que c'est une ville indolente?
Ici, il faut toujours courir, il faut toujours faire vite,
qu'il s'agisse de traverser une rue ou d'attraper un
bus. Le rythme est rapide, que l'on soit à pied ou
derrière le volant d'une voiture. Cela exige de bons
réflexes.

Le concert commence dans un quart d'heure.
Alicia sort de l'église et traverse la place pour en
admirer la façade concave, dynamisée par les reflets
du couchant. Dans la conception de l'église Sainte-
Agnès, Borromini, l'architecte illusionniste, s'est
servi des rayons du soleil comme d'un matériau fin.
Ils s'infiltrent entre les clochetons ajourés de l'église,
ils explosent entre les échancrures de la pierre,
fusent, tamisés, derrière les volumes pleins des
campaniles jumeaux. Le soleil se coule dans les
ajours, éclate entre les interstices, se démultiplie en
un jeu savamment orchestré. Il s'esquive, à la fin,
dans un poudroiement d'or. Borromini, l'architecte
magicien.

Avec l'orage qui menace, l'effet est encore plus
saisissant. De gros nuages blancs, gonflés comme
des voiles, ont envahi le ciel. Le soleil les assiège de
flanc, il les transperce de rayons obliques. Nuages et
lumière forment une sorte d'apothéose, la même que
l'on retrouve, bronze et marbres conjugués, dans les
églises et les palais baroques.

Au milieu de la place, la fontaine des Quatre-Fleuves jaillit, hardie et moderne, avec sa masse en hauteur reposant sur le vide. Mais elle a quatre appuis, solides et insolites, comme la tour Eiffel à qui elle aurait servi de modèle.

La fontaine du Bernin est une vieille connaissance. Après le concert, Alicia s'installera à la terrasse du Café de Colombie juste en face d'elle. Maintenant elle n'a pas le temps, le concert va commencer.

Elle regagne l'église et s'installe à sa place, ferme les yeux, garde les paupières bien serrées. Quand elle les rouvre, après un bon moment, elle est toute attente.

○

L'église est parée, comme à l'accoutumée, pour une fête subtile des sens et de l'esprit. En haut, dans la coupole, des anges et des saints tournoient avec lenteur dans des nues chatoyantes. Il ne faut pas trop les regarder, on se mettrait à tourner avec eux. Le profane se mêle délicieusement au sacré — l'idéal, songe Alicia, pour savourer de la musique baroque. Une seule ombre au tableau, l'absence de Jean-Luc à ses côtés.

Mais Alicia est philosophe, ce sera pour une autre fois. Tôt ou tard, ils vivront ensemble, elle le sait. Ils sont faits l'un pour l'autre. Il est idéaliste, elle est pragmatique: deux notes chromatiques sur portées différentes. Ils s'accordent, pourtant. La hauteur du ton? La simultanéité?

Harmonie concertée. À l'idée de se séparer de Jean-Luc, Alicia se raidit. S'il allait accepter cette

«Les sources de son inspiration». Il a préparé le texte de ces deux causeries en collaboration avec Alicia. Ils en discutaient tous les deux, cet après-midi, au Centre culturel. Que ferait-il sans Alicia?

«*Sedes sapientiæ, causa nostræ lætitiæ*».

C'est bête, quand il évoque Alicia, des bribes de Litanies remontent à son esprit. «Siège de la sagesse, cause de notre joie.» Il a beau les écarter de sa pensée, elles reviennent toujours.

Jean-Luc et Alicia se connaissent depuis un an. Ils se retrouvent au gré des études qu'ils poursuivent dans les bibliothèques spécialisées. Montréal, Ottawa, Washington, Florence, le Vatican. Leur passion de chercheurs est leur dénominateur commun.

Alicia est entrée dans la vie de Jean-Luc sur la pointe des pieds. Un grain de sable qui se glisse dans la pulpe de l'huître et en devient la perle. Et maintenant, que vaut l'huître sans la perle?

Jean-Luc s'arrête en pleine course. Un accès de toux, à l'improviste. La perle est restée en travers de sa gorge. Il ne réussit pas à l'avaler. Jean-Luc a toujours été une huître bien fermée sur elle-même. Une perle? Il n'en demande pas tant.

Il aime Alicia, pourtant. Mais il aimait Évelyne aussi. Évelyne qu'il a rencontrée cet après-midi au récital de poésie. La «vierge folle» comme il l'appelait, dans le temps. Quand il l'a vue aujourd'hui après tant d'années, il a eu un choc. Elle est entrée dans la salle comme tout le monde, pourquoi a-t-il tourné la tête comme si le regard d'Évelyne avait aimanté le sien?

Il y a plus. Le récital terminé, il se dirigeait vers le buffet en compagnie d'Alicia. Pourquoi, à l'improviste, a-t-il eu conscience de sa cravate terne, de son costume démodé? de ses cheveux gris? Il souffrait dans sa vanité.

Pourquoi? Pour qui?

Son apparence laisse à désirer? C'est bien la première fois qu'il s'en souciait.

— Je suis un âne, conclut Jean-Luc. À mon âge!

Trop de femmes lui ont tourné la tête. Il aime les femmes, mais de loin. Il n'est pas fait pour le mariage, la vie commune, la vie toute nue. Et une femme dans sa maison.

C'est une chose d'aimer les femmes et rechercher leur compagnie. Se mirer dans leur âme, écouter leur esprit, se pencher sur leur cœur. Mais partager un appartement, une baignoire, un stéréo? Le reflet de la lampe?

Il n'a jamais appris l'usage familier de la vie à deux. L'intimité prolongée le hérisse. Alicia? Elle veut partager sa vie, justement. Il l'aime, elle l'aime.

Mais.

○

Alicia allonge le pas, elle court presque. Elle voudrait se procurer un billet pour le concert à l'église Sainte-Agnès, sur la place Navone. Elle n'est pas la seule. Un public mélomane se presse à ce rendez-vous hebdomadaire. Au programme, de la musique de chambre.

Alicia se fraie un chemin jusqu'au guichet. Il était temps. Si elle ne s'était pas hâtée après le récital de poésie, elle aurait risqué de trouver «*tutto esaurito*». À Rome, les concerts sont courus, les étrangers disputent les places aux Italiens. Alicia franchit le seuil

bourse d'études qu'on lui a proposée? S'il décidait de ne plus quitter Rome? S'il allait ne pas rentrer? Rome et la *Divine Comédie* se sont mises en travers de son chemin. Bah, elle en a vu bien d'autres.

Alicia inspire profondément. Son souffle est rompu à ce genre d'exercice, il afflue libéralement dans ses poumons. Elle le retient aussi longtemps qu'elle peut, comme un plongeur en apnée, puis le libère doucement, évacuant du même coup Jean-Luc, Dante Alighieri et l'hypothèse de la bourse d'études. Le plaisir, ensuite, de faire surface et de respirer librement! D'être de nouveau à elle-même. En ce moment, elle ne veut plus penser qu'à la musique. D'une main légère, elle feuillette le programme.

Ce soir, on joue Vivaldi, Corelli, Albinoni. Trois archets avec flûte et hautbois. Les instruments accordent leurs voix dans la coulisse. Le premier violon a trop serré sa corde; la viole, déjà, a trouvé son alto. La flûte et le hautbois se donnent la note en alternance. Moqueurs, enjoués, ils semblent se dire quelque chose, on dirait du marivaudage.

Alicia écoute bruire l'assistance, sourdre en elle cette inquiétude qui la saisit avant chaque concert. Les interprètes seront-ils à la hauteur de leur répertoire? Ils doivent sortir la musique d'eux-mêmes, la recréer dans leur tête et dans leur sang. Ce soir, sauront-ils?

Alicia a été initiée à la musique très jeune et la musique ne l'a jamais abandonnée. Elle a perdu tout le reste — sa famille, son pays, ses amis, mais la musique lui est restée.

Enfant, à Budapest, elle déchiffrait le chant grégorien avec sa famille. Tous les dimanches après-midi, on se retrouvait autour d'une table longue, habillée de broderies. Les partitions débusquaient le mystère

des quatre lignes aux clefs mobiles. Il fallait ama-
douer les notes carrées, apprivoiser les signes en
traits épais qui déterminent les nuances de la voix.
Leurs respirations s'entrecroisaient au-dessus de la
table, ils filaient ensemble un chant étale où chacun
devenait autre chose. Ils étaient heureux.

○

Josyane est dépaysée. Les maisons autour
d'elle sont en format géant. La masse des piétons et
le trafic aussi. Ce quartier populaire où habite Mario
dans la partie nord est de Rome n'en finit pas de la
déconcerter.

Elle enfonce sa langue dans sa glace noisette-
myrtilles-pêche. L'onctueux de la crème la réconforte. Elle court les rues depuis le matin. Elle a
cherché tour à tour son amie Lucette et sa mère.
Maintenant c'est Mario. Elle a besoin de souffler.

L'impact qu'elle a reçu de Rome est chaotique.
Trop de rues, trop de gens, trop de scooters. Elle se
sent bien, pourtant, encore que fatiguée. Le bouil-
lonnement autour d'elle la remplit d'un sentiment
d'ébriété dont elle est loin de se douter.

Tous ces gens, tantôt, sur les trottoirs exigus
aux abords du Centre culturel! Des trottoirs, quand
il y en a.

Les voitures disputent la chaussée aux piétons, il
faut se coller contre les murs des édifices pour les
laisser passer. Les Romains s'en font beaucoup
moins. Ils avancent sans ciller, traversent quand bon
leur semble. Ils sont sublimes d'indifférence, les au-
tomobilistes ont l'habitude.

Josyane a l'impression de vivre plus vite, comme si elle avait la fièvre. L'impression aussi de participer à quelque chose — une espèce de représentation où chacun a son rôle à jouer.

Tout le temps, elle s'est sentie observée. On l'a dévisagée tranquillement de haut en bas et de bas en haut, on a noté, au passage, sa tête de coucou, ses baskets couleur menthe et ses jupons violets. On s'est même retourné pour l'examiner de profil et de dos.

Josyane s'y est mise elle aussi, il y a tant de choses à observer, tant d'images à enregistrer. La démarche souple des uns, le déhanchement sensuel des autres. Le maquillage des femmes est savant, élaboré. Excessif? Non, artistique. Les jeunes filles sont un peu voyantes, avec l'air d'être splendidement bien dans leur peau. Pour se coiffer et se maquiller avec autant de soin, il faut s'aimer. Prendre autant de plaisir à se regarder dans une glace qu'à être regardée.

C'est une année où les femmes portent les cheveux très longs et découvrent leurs jambes. Leurs mini-jupes sont moulantes, leurs chaussures ont de petits talons et des pointes ravissantes.

Les garçons ont l'allure romantique dans leurs grands impers souples qui ondoient en marchant. Leurs cravates sont extravagantes, les vestons et les blousons hauts en couleurs.

Josyane préfère les jeunes gens à l'allure méridionale — cheveux longs et barbe fleurie. Les survêtements abondent, agrémentés d'écussons et de devises en anglais. Les U.S.A. se portent beaucoup.

Dans le centre-ville, les mannequins aux devantures des boutiques ne sont guère plus élégants que les passants. Josyane a l'impression qu'à Rome ce sont les gens de la rue qui dictent le look, que la mode vient des gens et non des stylistes.

○

Neuf heures moins vingt ou plutôt vingt heures quarante. Autour d'elle, le trafic a diminué comme par enchantement. Quant aux passants, escamotés. Josyane se sent décontenancée. Elle n'est plus à son aise sur cette avenue Libia, l'instant auparavant si effervescente et maintenant si mystérieusement désertée.

Dans ce coin de Rome où habite Mario, tous les noms des rues et des places sont inspirés de l'Afrique. Avenue Eritrea, place Gondar, avenue Somalia. Contrairement au centre historique, les avenues sont très longues et les trottoirs spacieux. La cohue n'en était que plus spectaculaire, tantôt, alors qu'on se frôlait presque en marchant. Maintenant, il n'y a plus personne.

Josyane croque l'extrémité gaufrée de son cornet, déjà elle ressent dans son arrière palais la nostalgie pressante de son dernier cappuccino. Aujourd'hui, elle a fait une orgie de cappuccini. Le cappuccino la fascine: apprivoisé par le lait moussé, le café n'en est que plus fort et plus réconfortant. Mais c'est si vite avalé. Trois, quatre gorgées gourmandes, et il n'y a plus que des cernes étagés sur le fond lisse de la tasse. Pour prolonger le charme, il ne reste qu'à en commander un autre. Qu'on se fait servir, au goût, dans une tasse ou dans un verre. Avec un rien de mousse, ou beaucoup, ou pas trop. Presque froid, plutôt chaud, non, bouillant. Saupoudré de cacao, enrichi de crème fouettée. La même chose pour le café. À Rome, on ne demande pas un café tout court. On spécifie si on le veut allongé (*lungo*), concentré (*ristretto*), relevé de liqueur (*corretto*), étoilé de lait (*macchiato*) ou coiffé de crème. Chacun fait doser le café à son gré. Les camerieri gâtent leurs clients. Les barmen italiens? des jongleurs, des complices.

Pour ne pas succomber à la tentation d'un cinquième cappuccino, Josyane se commande un nouveau *gelato,* ce sera son souper. Hésitation, perplexité devant le choix des parfums proposés. Que signifie *stracciatella, zuppa inglese, torrone?* Elle voudrait goûter toutes les essences, elle calcule rapidement dans sa tête: à raison de trois cornets par jour, chacun composé de trois parfums différents, elle viendrait à bout de toutes les saveurs en trois jours. Elle a déjà dégusté des glaces à la pastèque, au kiwi, à l'avocat et décidé que la *cassata* sicilienne sera la prochaine.

Un cappuccino, une glace, un cappuccino, une... Elle plonge sa langue délicatement dans son cornet après l'avoir fait tourner voluptueusement sur lui-même. Elle a volé le geste aux jeunes Romaines qu'elle a observées. Ces dernières s'arrangent, en suçant, pour exhiber un bout de langue rose, une vraie coquetterie.

Josyane s'accuse d'être gourmande puis se dit, terrifiée, qu'elle doit être enceinte pour ressentir une fringale aussi capricieuse. À moins que ce ne soit l'anxiété?

Elle approfondira plus tard la nature de ses tourments existentiels. L'important, pour l'heure, est de retarder le moment où elle se retrouvera une fois de plus devant le numéro 78 de l'avenue Eritrea. Elle s'en doute, Mario ne sera pas encore rentré, le concierge la regardera passer avec un rien de commisération.

Mario est un cinéaste italo-montréalais de vingt-six ans en tournée européenne pour une série de courts-métrages. En ce moment il est quelque part à Ostia — ou est-ce à Latina? en train de filmer des gens qui vivent dans des roulottes. Italiens évincés de leur appartement, Russes, Polonais en attente pour émigrer ils ne savent où. Il lui a donné l'adresse et le numéro de téléphone de son pied-à-terre en l'avertissant qu'il n'y mettait pas souvent les pieds.

— Je reste sur place au milieu des gens déplacés, je les interviewe et je tourne.

Pourquoi s'accrocher à lui? Parce qu'il lui inspire confiance. Surtout parce qu'elle n'a personne d'autre.

Elle se sent en sécurité avec lui. Il ressemble si peu à ses copains de Montréal, il a une vraie vie. D'ailleurs qui, mieux que lui, pourrait traduire les instructions à l'intérieur de la petite boîte noire et rouge qu'elle a achetée, voilà une heure, juste après le récital de poésie. «Sei incinta?» «Es-tu enceinte?» Ce n'est pas le mari italien de son amie Lucette qui pourrait l'aider, elle n'oserait jamais le lui demander. Reste sa mère.

Sa mère! Elle semblait distraite, impatiente, cet après-midi. Quelque chose d'irrésistible semblait captiver son attention. Josyane s'était sentie de trop. Elle était venue exprès à ce récital pour lui confier son inquiétude mais elle avait eu l'impression de la déranger. Finalement elle s'était sauvée sans rien lui dire.

Josyane panique. Mario est introuvable. Elle est peut-être enceinte. Son père vient de se remarier. Sa mère ne semble pas le savoir. Comment se peut-il qu'elle ne le sache pas? Et si elle le sait, pourquoi ne pas lui en avoir parlé?

— Maman ne me confie jamais rien. Moi non plus. N'empêche qu'aujourd'hui j'étais prête à tout lui raconter.

Josyane en pleurerait. Comme toujours quand elle évoque sa famille, un sentiment de détresse l'envahit.

○

Clic.

Mario a capturé son image-clé. Une structure délabrée, fer et ciment noircis sur fond de ciel éclatant.

Le lieu: la route qui relie Rocca-di-Mezzo à Rocca-di-Cambio dans les Abruzzes.

L'objectif: les ruines qui ont vu pleurer Gelsomina dans le film *La Strada*, des restes rongés qui ressemblent à des fantômes. Trente ans d'intempéries ont passé depuis le tournage du film de Fellini. Qu'importe. Pour Mario, cinéaste à la pige, ce tableau est un clin d'œil.

Un autre déclic, avec plus de recul, pour embrasser le paysage. Dos ronds de montagnes, prés serrés, profils de villages accrochés à la roche. La route, au milieu, comme une certitude.

Mario est loin des «ciak» sonores et des prises de vue mouvementées des derniers jours. La veille encore il tournait en stagiaire avec la télé italienne. Il est parti depuis vingt-quatre heures mais, déjà, Rome lui manque.

C'est une ville pleine de pathos, un cinéma plus réel que nature. On s'y sent tout et rien, on a autant de raisons de pester que de jubiler. Les Romains sont merveilleux, ils ne prennent rien au tragique.

Le moment présent, par contraste, semble irréel. Ici Mario travaille seul, en éclaireur. Il doit tourner une des scènes principales de son premier long métrage. L'action se situe durant la dernière guerre sur le haut-plateau des Roches occupé par les Allemands en 1944.

Les Alliés tentent d'enfoncer la résistance ennemie au Mont Cassin. L'occupant a établi un quartier général à Rocca-di-Mezzo, point stratégique entre le front et la capitale.

Vincenzo, le protagoniste, est traqué par les Nazis. Il fuit à travers la montagne, empruntant tour à tour des sentes muletières et les drailles oubliées de la transhumance. S'il est pris, c'est la déportation en Allemagne, les camps, le front russe. Les Allemands ont des limiers dressés pour la chasse à l'homme. Un bloc de soldats motorisés coupe la route d'accès au chef-lieu. Vincenzo, acculé, doit se réfugier dans le hameau le plus proche, Fontevecchia. Là se noue l'intrigue.

Mario a déjà repéré la maison, le village, l'entourage. Même la source de l'Anatella. Chevaux, brebis et troupeaux de vaches s'y abreuvent aujourd'hui comme alors. La source est au fond d'une conque verdoyante enserrée de forêts — un point d'eau essentiel, durant l'occupation, pour les hommes pourchassés. Des myriades de fleurs blanches, rouges et violettes ondoient dans l'herbe mouvante. Des plaques de thym et de genévriers s'accrochent le long des pentes. Des fleurs jaunes à trois branches, hautes et droites comme des candélabres, montent la garde le long des sentiers pierreux. Les images seront splendides. Quant à l'histoire, elle est vraie et le tournage s'annonce facile. Le protagoniste a déjà existé, c'est le grand-père de Mario.

○

Le scénario personnel de Mario est un peu moins net. À Rome depuis six mois, il se débrouille bien, content d'être là, fier de ce que les Italiens le prennent au sérieux — piqué, en même temps, d'éprouver ce besoin d'être approuvé, accepté.

Il sait la langue. Boursier du ministère de l'Éducation, il en est à son deuxième séjour en Italie.

Mario n'est pas ici uniquement pour son travail. Petit-fils d'émigrés abruzzais, il a voulu connaître sa famille d'origine.

Venu pour se chercher, il ne s'est pas trouvé. Il voulait se ressourcer, récupérer le milieu de ses parents et de ses grands-parents maternels. Mais le passé ne se laisse pas traquer. Il existe seulement dans le souvenir ou dans le ouï-dire.

Le village que sa grand-mère lui a raconté est mort en même temps qu'elle. Mario est peut-être venu ici pour rien.

Où sont les brebis, les chèvres et les vaches qui s'ébranlaient à l'aube, par centaines, dans un nuage de poussière? Où sont les bergers, les femmes endeuillées tout au long de l'année et les jeunes filles sveltes allant par monts et par vaux, leur cruche à eau en équilibre sur la tête? Et les chevaux et les ânons à robe sombre qui ponctuaient le paysage? Sa grand-mère Giuseppina lui en a tellement parlé! Enfant, Mario n'avait qu'à fermer les yeux pour voir Fontevecchia et ses habitants.

Il n'y a plus une vache, plus une seule chèvre ni aucune brebis. Disparus les bergers, les jupes noires des femmes et les cruches en cuivre roux qui convoyaient l'eau de la source. L'herbe repousse, les arbres seuls règnent sur le paysage. Quant aux gens, ils ont la télé. Leurs fils et leurs filles fréquentent l'université. Finies les scènes de la vie pastorale dont il avait rêvé.

Mario s'était fait des idées, avait espéré une révélation. Le réveil est amer.

Une note positive, pourtant.

Il a trouvé Nina, sa mère. Josyane, dans le film, lui redonnera son visage de vingt ans. Elle est faite pour ce rôle.

Il aimerait avoir Josyane avec lui en ce moment. Ils avaient rendez-vous cet après-midi, à Rome. Mais il n'est pas rentré et lui a fait faux bond. Maintenant il ne sait même pas où la joindre.

Et s'il l'avait perdue?

○

Colette referme la porte de l'appartement, tend l'oreille. Serait-elle, par miracle, la première à rentrer?

Elle est vite détrompée. Sa fille est au téléphone. Dans la salle à manger le journal télévisé diffuse les détails d'une nouvelle catastrophe — une guerre, un tremblement de terre? Son mari ne doit pas être loin.

— Salut! Toute la famille est là.

Son aîné a déjà dressé le couvert, son cadet lui signale que son professeur de mathématiques veut lui parler.

— Encore!

— Il attend ta visite.

Le récital de poésie a mis Colette en retard. Tout le monde a faim. Elle aurait dû préparer quelque chose ce matin.

— Tu t'es bien amusée?

Son mari lui sourit dans le cadre de la porte. Il est toujours heureux quand elle voit ses compatriotes. Il sait que cela lui est essentiel.

— J'ai rencontré des gens que je ne voyais pas depuis des lunes.

— *Dimmi tutto!*

Son mari est curieux. Il est ravi quand elle lui raconte ses sorties, ses activités. Colette en profite pour préparer les crudités.

— La poétesse était superbe. Elle a été très applaudie. On avait traduit quelques-uns de ses poèmes en italien, on les a dits. J'ai été impressionnée. Les poèmes acquéraient une vie nouvelle. Ils étaient différents. Très beaux, mais différents. La poétesse était émue.

— Elle aime l'Italie?

— Et les Italiens. Rome aussi. Rome surtout. Ses yeux brillaient, cet après-midi, quand elle me parlait des gens, des rues, des places. Sais-tu quoi? Elle veut lire mon article sur Rome.

Évelyne est en train d'assaisonner la salade. L'huilier est vide. La bouteille aussi. Elle jette à son mari un regard en coin. Il a vu le manège, fait la grimace. Se tourne vers la porte.

— Fabrizio!

Mais Fabrizio est maintenant au téléphone, Nicoletta étudie dans sa chambre et Piero prend sa douche. Qui descendra à la cave chercher l'huile?

— J'y vais, dit-il, bon enfant.

— Prends aussi quelques bouteilles de vin.

Maintenant, c'est le basilic qui manque. Elle sort
pour en cueillir sur la terrasse. Elle se penche sur le
plant, choisit les feuilles les plus grosses. Au moment de se relever, une idée malencontreuse la retient immobile. Son article ne sera jamais prêt pour
demain. Pire, il serait à refaire.

L'évidence la fulgure en dedans. Quelque chose
s'écroule à l'intérieur d'elle-même, mais elle n'a pas
le temps de ramasser les morceaux.

Autour, rien n'a bougé. La bougainvillée monte
toujours la garde à côté de la porte-fenêtre. Des
feuilles jaunies caracolent entre les bacs fleuris, des
pétales de géranium courent par terre au gré du *po-
nentino,* ce petit vent frivole qui investit la ville à la
tombée du jour.

Colette, l'air absent, oublie où elle est, ce qu'elle
fait. Son papier est trop subjectif. La conviction, venue on ne sait d'où, ébouriffe sa pensée.

○

Un magazine montréalais lui a demandé ses impressions sur Rome. Quelque chose de simple, de
vécu. Elle est là depuis longtemps, elle connaît.

Après un mois de rédaction aisée et une trentaine
de feuillets torrentiels, Colette se juge bien témé-
raire. Elle a écrit tout d'une traite sur un mouvement
du cœur. Maintenant elle a des doutes. Son texte
colle-t-il à la réalité?

La réalité est devenue insaisissable. Rome aussi.
La définir, c'est comme fixer le regard sur un objet à
travers une lentille grossissante et en retenir une
image magnifiée. Ou comme vouloir décrire les traits

d'une personne que l'on côtoie tous les jours. Tout devient flou. À les observer de trop près, les choses perdent leurs vrais contours.

Une voix, dans son dos la fait sursauter.

— Tout le monde a faim, on mange?

Elle se redresse, rentre dans la cuisine en évitant de regarder les fleurs. Les plantes ont soif, elle l'appellent. Mais Colette n'a pas le temps. Elle enlève ses souliers sans se baisser en frottant ses chevilles contre ses talons, enfile ses pantoufles en marchant. S'arrête sur sa lancée.

— Maman, ton sac.

Elle porte encore son sac en bandoulière! Elle l'arrache d'un geste brusque. Voudrait en faire autant avec son papier tracassant. Se l'enlever de la tête, l'oublier. Mais elle a promis de le remettre demain.

— Ton amie poétesse veut lire ton article? demande son mari qui a de l'esprit de suite.

— Oui, elle m'a offert de l'emporter elle-même à Montréal. Il arrivera beaucoup plus vite.

Colette finit d'apprêter sa *caprese*. Elle alterne les tranches de tomates et les tranches de mozzarella, garnit le tout de feuilles de basilic. Vert, blanc, rouge, les couleurs mêmes de l'Italie.

— Qu'est-ce qui te tracasse?

Parce que cela se voit. Quand elle se fait du souci, son mari ne manque jamais de s'en apercevoir.

— C'est mon papier. Il n'est pas bon.

— Qu'en sais-tu?

— Une impression. Cet après-midi je cherchais à deviner, dans l'assistance, à qui il aurait plu. Évelyne? Jean-Luc Francœur? Alicia? J'ai eu un choc en causant avec tout le monde, Canadiens et

Italiens. Nos idées ne se rencontraient pas. J'avais l'impression de parler d'une autre ville. Un peu comme avec toi quand tu rouspètes contre la politique et l'administration.

— À Rome, rien ne fonctionne.

— Tu es la preuve du contraire! Toi et tes amis passez votre temps à dénigrer votre ville. À vous en croire, tout marche mieux ailleurs. *«All'estero...»* «À l'étranger...» Vous vantez les autres pays mais vous vous gardez bien de les imiter.

— Passons à table, dit son mari, qui connaît bien l'antienne.

— À une condition, que nous parlions d'autre chose.

○

Colette aime Rome depuis toujours. À ses yeux, c'est une ville bénéfique. Mais il ne faut pas le dire. On ne la prendrait pas au sérieux. Elle l'a bien vu, cet après-midi. Qui, dans l'assistance, aurait goûté son lyrisme? À part la poétesse, elle ne l'aurait donné à lire à personne.

À l'exception d'Évelyne, peut-être. Et encore! Évelyne et ses airs de princesse lointaine. Elles sont allées à l'école ensemble, ont lu ensemble. Ont été jeunes ensemble. Cela ne veut pas dire qu'Évelyne aimerait son papier pour autant.

De toute façon, ses sentiments n'intéressent personne. Les lecteurs ne veulent pas être extasiés, ils veulent être informés. Son papier est à recommencer.

2

— **T**u l'aimes?

Il est onze heures. Ou minuit. Ils ont regagné, à pied, le studio sous les toits que Manlio occupe quand il est de passage à Rome. C'est un appartement insolite, en plein Transtévère, où il faut monter et descendre pour passer d'une pièce à l'autre.

Évelyne examine les lieux d'un regard soupçonneux. Guia, peut-être. Oui, Guia vient ici, elle en est certaine.

Est-il onze heures, est-il minuit? Est-ce hier ou demain? Quand Manlio aura répondu à sa question, le temps, peut-être, se mettra de nouveau à marcher. Mais Manlio se dérobe. Il répond à côté:

— Je l'ai toujours connue, même avant la petite école.

Évelyne insiste:

— Mais tu en as épousé une autre.

— C'est elle qui en a épousé un autre.

— Pourquoi?

Est-ce bien elle, Évelyne, qui procède à cet interrogatoire? Qui questionne? Qui harcèle? Elle songe soudain avec effroi: «Mon Dieu, je suis en train de ressembler à Marcel». Marcel, son ex-mari. Le grand inquisiteur. Évelyne voudrait dire à Manlio de se taire, de ne pas lui répondre.

Trop tard. Déjà il enchaîne:

31

— Pourquoi? Ce n'est pas simple. La famille de Guia est riche, importante. La mienne l'est beaucoup moins.

— Tu l'aimes? répète Évelyne. La phrase a jailli toute seule. Curiosité, jalousie?

Manlio se tait. Il reste silencieux comme s'il se posait mentalement la question. Il répond à la fin, plus pour lui-même que pour elle:

— Oui, je crois. Oui, je l'aime. Mais toi, *cara,* toi!

Manlio prend le visage d'Évelyne dans ses mains. Il la regarde intensément. Lui dit avec un accent qu'elle n'oubliera pas:

— Ma belle licorne, si fière. Laisse-toi aimer.

Évelyne se retrouve dans les bras de Manlio. Elle ne voudrait pas, elle ne voudrait plus. Mais elle reste pressée contre lui. Elle se sent bien, à sa place.

S'abandonne.

Le téléphone sonne. Non! Ils s'embrassaient si bien. Elle essaie de le retenir. Il se dégage, l'air contrit. Il dit quelques mots brièvement puis raccroche. Il revient vers Évelyne, de nouveau il l'étreint.

Le téléphone sonne encore. Évelyne l'a deviné, c'est Guia.

— Manlio, ne réponds pas!

— Si je ne réponds pas, elle va nous harceler. Elle est capable de...

De venir? D'atterrir ici avec armes et bagages? Sans doute. Une femme comme Guia ne recule devant rien.

C'est bien elle. La conversation s'engage. Ou plutôt, c'est Guia qui parle à l'autre bout du fil. Manlio n'essaie pas de l'interrompre. Pourquoi ne raccroche-t-il pas? Elle est là, elle, Évelyne, elle est venue du Canada exprès pour le voir. Et lui, que fait-il? Il parle avec Guia!

Évelyne sort sur la terrasse. Il y a un an, sur cette même terrasse, tout tournoyait, les cloches, le ciel, les étourneaux. Elle et Manlio. Le soleil s'insinuait partout, se répandait en nappes successives, allumait, par lèchements progressifs, les contours familiers. La chambre à coucher prend jour sur la terrasse. Du lit, à travers la tête écarlate des sauges, on aperçoit d'autres toits, un monde aérien, biscornu, pittoresque.

Après l'amour, il lui cueillait toujours un géranium rare, une rose attardée. Ils s'embrassaient. Leurs bouches sentaient la fleur.

— Je t'aime.

— *Cara, ti voglio bene.*

Et maintenant, tout serait-il fini, aboli?

Le ciel, entre-temps, a viré à l'orage, il est devenu jaunâtre. Il pèse sur la ville.

Il pèse sur Évelyne comme un regret. Elle soupire de déception. Il faisait si beau au début de la soirée. Comme l'an dernier quand ils se sont connus. Tout a chaviré en même temps.

○

À l'intérieur, la conversation s'éternise.

Manlio parle d'une voix saccadée. Est-il en train de régler ses comptes avec Guia? L'a-t-il oubliée?

Elle éprouve de la colère. De la gêne aussi. Elle est venue de Montréal sur un coup de tête. Les fresques de la chapelle Sixtine à revoir. Le *Printemps* de Botticelli aussi. Elle ne les a pas admirées depuis qu'on les a restaurées. Et elle enseigne l'histoire de l'art!

Mais c'est Manlio surtout qu'elle voulait voir à Rome ou à Florence. Elle n'en pouvait plus d'être seule. Elle est arrivée sans crier gare. Manlio ne l'attendait pas, il n'a pas eu le temps de s'organiser. Il lui faut composer, maintenant, faire des compromis.

Elle se sent honteuse, soudain. Essaie de s'imaginer à Montréal juste avant son divorce. Si Manlio était arrivé à l'improviste, qu'aurait-elle raconté à Marcel, à Josyane? Elle aurait été embarrassée comme Manlio l'est en ce moment. Manlio est-il séparé, divorcé? Elle ne l'a jamais su.

Elle ne voulait pas le savoir. Maintenant, elle est fixée. Il a une maîtresse.

Non. Il a deux maîtresses, elle et Guia. Elle ne l'avait pas prévu.

Elle s'était imaginée unique, comme toutes les femmes amoureuses. Et amoureuse de qui?

La colère, soudain, bondit sur Évelyne et la griffe en plein cœur. Elle étouffe. Manlio n'a pas épousé la femme qu'il aimait parce que cette dernière l'a dédaigné. Mais il continue de l'aimer. L'«autre» exige qu'il l'aime encore, l'«autre»...

L'autre est encore au téléphone. En ce moment c'est Manlio qui parle. Il a un ton excédé.

Évelyne aussi est excédée. Sans réfléchir, elle prend sa veste, son sac, et se dirige vers la porte d'entrée. Elle sort en courant.

Jamais elle ne reviendra dans cette garçonnière.

Oui, une banale garçonnière, ce pied-à-terre poétique dont elle rêve depuis un an. La déception la fait suffoquer. Elle court vers son hôtel en empruntant des rues au petit bonheur. Ce quartier du Transtévère où habite Manlio ne lui est pas tellement familier.

Aucun taxi en vue. Sur la place San Cosimato, peut-être? Mais où est la place San Cosimato avec sa vieille église et son fameux restaurant? Elle pourrait le demander, mais à qui?

Son hôtel lui semble maintenant impossible à trouver. Elle regarde autour d'elle. Au fond de la rue, une volée de touristes américains réintègrent leur car. Le chauffeur les attend à côté de la portière. Elle les envie.

Vite une voiture, une calèche, n'importe quoi pour regagner sa chambre. Ah, se laisser tomber sur son lit, prendre une douche. Dormir.

Une fois arrivée, — si jamais elle arrive, elle dira au concierge de ne lui passer aucun appel de Manlio.

Pour Manlio, elle ne sera là ni ce soir, ni demain.

Évelyne fulmine, elle déraisonne.

— Manlio. Jamais plus!

Mais, dans le fond, elle s'en prend à elle-même. Elle s'en veut. L'amour lui échappe toujours. C'est sa faute, elle n'a jamais su le cueillir au bon moment.

○

Jean-Luc accélère le pas. Il est en retard. Le professeur B. l'attend chez lui. Ils prendront le café ensemble et une liqueur d'abricots dont sa femme Valeria a le secret. Ils boiront à leur santé commune, ils se diront les dernières nouvelles.

— Et toi? demandera B.

Valeria adressera un sourire encourageant à Jean-Luc. Elle se lèvera sans faire de bruit et les laissera tous les deux en compagnie de Dante. Le professeur ajustera ses lunettes, il tendra la main sans dire un mot. Jean-Luc sortira son essai, il hésitera un peu avant de le lui donner.

— Juste un coup d'œil, dira le professeur pour le mettre à son aise. Le professeur est presbyte. Il prendra les feuillets dactylographiés en les éloignant de son champ de vision, il redressera son buste et sa tête. Il les lira de loin, cela prêtera de la majesté à son geste. Avec sa crinière argentée, sa tête puissante, son regard inspiré, il ressemblera plus que jamais à un prophète.

La prévision de Jean-Luc tourne court. Il éteint le petit écran dans sa tête. Il préfère retarder ce moment de vérité.

Tantôt, quand ils seront en tête-à-tête, il appuyera sa main sur le bras de B. et lui dira:

— Non, pas maintenant. Tu me donneras ton avis demain.

Ce soir, il ne veut pas penser à son essai. Ni à Alicia. Ce soir, il se sent trop bien. L'euphorie de Rome l'a rejoint.

Jean-Luc éprouve dans ses sens une acuité extraordinaire. Plus il va, plus son corps devient léger. Il a des ailes. Sensation d'impondérabilité. Il en va toujours de même quand il marche dans Rome.

Cela prend naissance au creux de son plexus solaire et s'irradie peu à peu dans ses membres et dans ses muscles. Ce souffle de lévitation, il l'a éprouvé dès son premier séjour.

Depuis, il n'a jamais cessé de le ressentir. Un signe?

Quand Jean-Luc est arrivé à Rome, la première fois, il avait vingt-six ans. Sujet brillant, prometteur, il devait encore prononcer ses derniers vœux. On l'avait envoyé parfaire ses études à l'Université

Grégorienne. Évelyne, la vierge folle, le persécutait alors de son amour buté. Cette circonstance avait peut-être incité ses Supérieurs à l'éloigner pour un temps de Montréal. Ce n'était qu'une petite jeune fille romanesque, un peu exaltée. Elle l'aimait. Elle le perturbait. Un tourment.

Évelyne calquait sa propre vie sur son emploi du temps, elle le tenait prisonnier de son regard. Parfois, il faut bien le dire, elle lui faisait peur. Le souvenir de ses yeux bleus fixés sur lui comme des vrilles!

Il en avait tiqué, cet après-midi en la revoyant, il s'était senti gêné. À l'époque, à Montréal, il se croyait appelé par Dieu. Élu. L'orgueil le guidait. Même pas. La vanité. Évelyne avait vu clair en lui. Elle avait cru réussir à s'en faire aimer.

Jean-Luc s'était rebiffé. Il avait haï cette jeune fille trop clairvoyante. Il avait ressenti son amour comme une atteinte à sa dignité, à sa supériorité.

Il sortait alors d'une expérience négative. Dans un collège de Montréal, il avait su être professeur et promoteur d'initiatives. Mais cette vie hyperactive contrecarrait ses aspirations profondes. Il aurait préféré étudier, se perfectionner. Pour la plus grande gloire de Dieu?

Il est égoïste, voilà la vérité. Il n'aime pas consacrer la totalité de ses dons au service de la jeunesse, ou de quiconque. Mais il réussit dans sa tâche d'éducateur. Et plus il réussit, plus il est malheureux. Si jeune encore, il devient un Père à la mode.

Il réussit d'autant mieux qu'il ne se laisse ni entraîner ni détourner par les succès qu'il remporte. Son visage beau et austère, son ton contenu et persuasif, son silence même le servent. Il attire les jeunes et leur en impose. La profondeur de sa pensée perce dans ses propos, sa soif d'apprendre devient contagieuse.

Tout cela est loin de le satisfaire. Les débats qu'il arbitre, les ciné-clubs, les tables rondes assassinent ce qui lui reste de loisirs. Sa curiosité intellectuelle reste intacte mais il ne peut jamais étudier à son goût. Il a l'impression de piétiner. Il a des élans, parfois, qui se brisent d'eux-mêmes, faute d'un appui ou d'un point de chute.

Évelyne a pressenti sa déroute, son insatisfaction. Elle s'attache à lui parce qu'il se détache, luimême, de sa mission. Voilà ce qui tourmente JeanLuc.

La simple vue de la jeune fille le hérisse. Elle finit de mettre en déroute la paix intérieure qu'il a commencé à perdre. Plus elle le relance, plus il se rend compte que son état ne lui convient pas.

En classe, ouvre-t-il un manuel scolaire pour proposer sa leçon? Le profil d'Évelyne surgit au détour d'une page. Lit-il son bréviaire? Il perçoit la voix d'Évelyne comme un écho qui lit avec lui. Ces menues défaillances sont un signal d'alarme. Il s'en ouvre à son Directeur.

Les yeux d'Évelyne le suivent même dans son lit. L'aime-t-il?

Non. Oui. Non. La jeune fille le tente, la jeune fille le hante. Mais plus elle l'attire, plus il la repousse.

Jamais il ne lui accorde un signe quelconque d'attention. Comme s'il en allait de son honneur, de son salut.

Pourquoi tant de résistance? Parce qu'elle l'a percé à jour. Mais il nie le fait, il nie l'évidence. C'est trop mortifiant, c'est trop humiliant. Une oie blanche! Il souffre.

C'est un soulagement pour lui de quitter Mont-réal. La magie de Rome opère sur lui, la lumière se fait dans son esprit. Il n'a pas la vocation, Évelyne n'y est pour rien.

Au cours des années qui suivirent Jean-Luc avait connu bien des revers, il avait déchanté. Il s'était souvent blessé, — étonné, honteux de souffrir.

Dans un moment d'aberration, il lui était arrivé de se demander ce qu'aurait pu être sa vie s'il avait aimé Évelyne. C'était encore une façon d'éluder le présent, de se tromper lui-même. Évelyne fantasme, Évelyne objet. Mais l'Évelyne réelle?

Il ne l'avait jamais affrontée. Et voilà que, cet après-midi, ils avaient été mis es présence. Et devant Alicia! La circonstance était piquante.

Un pas en avant, deux de côté, trois en arrière. Jean-Luc se retrouve à un point mort, case départ.

On le tire, on le pousse, on veut l'influencer. Évelyne. Alicia.

— Il suffit! Qu'on le laisse tranquille! Il n'est pas serein, ni satisfait? La belle affaire! Faut-il être heureux à tout prix?

Le bonheur, c'est une idée de femme.

○

On vient de baisser les lumières, les cinq musiciens entrent en scène. Jeunes, ils sourient des yeux puis, soudain graves, libèrent les premières notes. Alicia est suspendue à leurs gestes. Le courant va-t-il s'établir? Sentira-t-elle cette connivence subtile entre les interprètes et leur répertoire — entre les exécutants et leur auditoire? Cela tient à un fil, à un rien, du moins en apparence.

Aux premières mesures, son attention s'affine jusqu'à un sommet aigu, jusqu'à un point de non-retour. Puis elle s'apaise, elle se met en veilleuse. Le miracle se fera, ou ne se fera pas. Il fondra peut-être sur elle au bout d'un solo transparent ou à l'issue d'un *tutti* réussi. Fusion, entente, choralité. Cela s'amorce, habituellement, dès les premiers accords.

Rien n'est plus enjoué, plus ludique que la musique baroque italienne. Très concertée, elle semble naître de l'improvisation. Elle est naturelle comme le langage des gens d'ici qui parlent si bien avec leurs yeux et avec leurs mains.

Ce soir, le premier violon est inspiré. Il tire des sons humains de son instrument, les propose un à un dans une sorte de jubilation.

Le deuxième violon et la viole se coulent dans le mouvement et le soutiennent avec tendresse. Puis s'insinue la flûte, intervient le hautbois. Ils ont compris le message du premier violon. Tacitement, ils entrent dans le jeu. Alicia est enchantée.

Un à un les musiciens tissent leurs sons fragiles et percutants. Ensemble, ils cherchent quelque chose. Le bonheur? Soudain, au tournant d'un phrasé ruisselant d'harmonie, il pourrait pointer, éclater joyeusement. Le saisir au vol, ne pas le laisser échapper! Alicia dévore les musiciens des yeux, elle leur lance des appels.

Dans le halo doré où ils officient, quelque chose semble passer de l'un à l'autre. Chacun s'engage à fond, se surpasse. Le temps s'arrête. Ce n'est plus la musique de Vivaldi ou de Corelli, ce n'est plus telle sonate, ce n'est plus tel largo, c'est la Musique pure.

La flûte entame à présent un appel primesautier. Alicia lui répond quelque part dans son cœur. Le hautbois fait écho, s'introduisent les violons. Bonheur. Jean-Luc se glisse à côté d'elle, il lui prend la main. Le mouvement — *scherzo, andante, allegro non troppo* — devient la main de Jean-Luc dans la sienne.

○

La main de Jean-Luc. C'était l'an dernier, à Montréal, à l'occasion d'un concert à l'église Notre-Dame.

Il était assis dans la même rangée qu'elle. Sans rien voir de son visage, elle avait aperçu sa main. Osseuse, déliée, expressive, la musique se répercutait dans chaque vertèbre, dans chaque phalange. Une main à l'écoute, une main parlante. Les doigts, surtout, ouverts en étoile, avaient retenu l'attention d'Alicia. Un annulaire timide, un index péremptoire. Le majeur avait un petit air contradictoire qui donnait beaucoup à penser. Le pouce, largement écarté, semblait très indépendant. Quant à l'auriculaire, mince, longuet, vulnérable, il ne semblait pas être le frère des autres. Alicia l'avait pressenti, c'est par ce petit doigt qu'elle aurait accès à Jean-Luc.

Des bouffées amoureuses. Alicia les avait perçues dans la main de Jean-Luc, en avait ressenties à son tour, semblables à des vibrations musicales qui vous traversent de part en part. Elle était restée en suspens devant cette main, il lui semblait l'avoir attendue depuis toujours.

S'en saisir, la serrer dans la sienne, c'était s'emparer d'un chant et saisir l'univers.

Quand Jean-Luc s'était levé, elle avait vu qu'il ressemblait à sa main. Elle s'était levée, elle aussi, elle l'avait abordé sans détours. Ils étaient chercheurs tous les deux et fréquentaient les mêmes bibliothèques sinon les mêmes livres. Pourquoi ne pas se revoir? Elle avait suggéré un rendez-vous, il avait accepté. Il l'avait reconnue, lui aussi. Ils venaient de se retrouver comme s'ils s'étaient quittés la veille.

Aimer. Retrouver quelqu'un qu'on n'a jamais connu. Reconnaître quelqu'un qu'on n'a pas rencontré. Alicia avait su que cet homme était pour elle, qu'il faisait déjà partie d'elle-même et elle de lui. Leurs esprits s'étaient rejoints, ils s'étaient trouvés riches d'un passé commun comme s'ils l'avaient vécu ensemble.

Ils s'étaient revus le lendemain. Assis sous la même lampe, ils discutaient de la possibilité que Dante ait réellement assisté à l'intronisation du pape Célestin V, à L'Aquila. C'était en l'an de grâce 1294. La main de Jean-Luc s'était de nouveau manifestée, présence magnétique, presque animale. Elle était posée sur la table entre elle et lui, polarisant son attention.

Alicia en perdait le fil de la conversation, oubliait où elle se trouvait et ce qu'elle faisait. Il y avait entre eux la main de Jean-Luc qui vivait sa vie propre et semblait se moquer de leurs propos savants.

Comme la veille, Alicia sent le besoin de s'emparer de cette main, de la respirer. Elle la saisit à l'improviste et la serre contre sa joue. À son tour, Jean-Luc prend sa main à elle et, de ses lèvres, l'effleure. Tout de suite Alicia voudrait embrasser Jean-Luc, prendre sa bouche, aspirer son essence. Elle se retient. Ils échangent un baiser trop chaste.

Elle l'a compris depuis, l'amour qu'elle lui inspire fait peur à Jean-Luc. Ne pas le brusquer, l'apprivoiser. Il changera d'avis, elle en est sûre, c'est une question de temps.

○

— **O**ù vas-tu?

— Chez un ami.

— Ton bagage?

— En haut, dans le bureau de la secrétaire. Je peux le laisser jusqu'à demain.

Cet après-midi, sitôt le récital de poésie terminé et à peine franchi le portail à doubles vantaux du palais Cardelli, Josyane s'était esquivée. Sa mère, prise de court, n'avait pu la retenir.

Air ahuri d'Évelyne gênée, entre autres, par la présence de quelques invités et, en particulier, de Colette, une amie de jeunesse. Elles venaient de se retrouver toutes les deux après des années.

Elles projetaient de déjeuner ensemble, le lendemain.

Sans la présence de tout ce beau monde, sa mère aurait cherché à la retenir. Lui aurait fait, au besoin, une scène. Josyane avait profité de son embarras. Elle s'était sauvée en lui lançant à bout portant:

— Il s'appelle Mario, c'est un cinéaste italo-canadien, je te le présenterai demain. De toute façon, je t'appellerai plus tard, à ton hôtel. Puis elle s'était éclipsée en marchant à grands pas.

Un coup d'œil à sa montre l'avait renseignée. Il était dix-neuf heures vingt. En Italie, les pharmacies ferment à dix-neuf heures trente. Si elle allait arriver trop tard, si elle allait trouver le rideau de fer baissé? Déjà, sur la *via della Scrofa,* plusieurs boutiquiers ont sorti leur gaule de métal. Dans quelques minutes, vlan! ils auront tôt fait de l'accrocher à la poignée du rideau de fer et de le ramener vers le bas en menant grand tapage. Barbare, barbare.

Josyane ne marche plus, elle court. Une heure plus tôt, en se rendant au récital, elle est passée devant la *Farmacia Internazionale,* tout près du Palais Madame, un édifice facile à repérer avec son fronton orné de flambeaux et le va-et-vient des gardes en grand uniforme. Dans la vitrine de la pharmacie, une petite boîte d'apparence bien banale qui pourtant, aux yeux de Josyane, peut représenter une bouée de sauvetage.

Incinta, si? No? Fai il test di gravidanza a casa tua. Josyane sait très peu l'italien mais *incinta* signifie certainement être enceinte. Le mot test, par ailleurs, veut dire ce qu'il veut dire et, pour *gravidanza*, elle a trouvé la traduction dans son petit dictionnaire de poche, grossesse. Quant à *casa tua,* cela veut dire chez soi, tout le monde le sait. Il s'agit donc d'un test à faire soi-même pour être fixée.

Josyane a mal dans sa peau et dans sa tête. Vertige, pertes blanches, nausées. Les nerfs à fleur de peau. Elle se sent faible à ne plus tenir debout et énervée à ne pas tenir en place. Si elle n'est pas enceinte, qu'est-ce qu'elle a? Depuis quinze jours qu'elle se torture, qu'elle n'en dort plus. Ses règles ne viennent pas. Aurait-elle attrapé le sida, la chlamydia ou, plus prosaïquement, un bébé?

Si les choses s'avèrent désastreuses, elle dira tout à sa mère, il le faudra bien. En attendant, Josyane espère n'avoir attrapé ni maladie, ni bébé et essaie de s'en tirer toute seule. Avec l'aide de Mario peut-être. Il sait l'italien, il pourrait lui traduire les instructions du test, lui indiquer un médecin francophone, la conseiller, qui sait, la consoler? Josyane n'ose y compter. Un garçon qu'elle connaît à peine. Elle l'a rencontré dans l'avion qui la ramenait de Grèce. Poussée par la solitude, elle aurait voulu se confier à lui, lui raconter son histoire. Elle s'était retenue juste à temps et maintenant, le regrette. Il a l'air si disponible, Mario, le contraire de sa mère dont l'esprit est toujours occupé ailleurs. Cours à préparer, conférences, séminaires, quand elle ne se défend pas de Marcel. Marcel, son ex-mari, son père à elle: l'ennemi.

Josyane revoit le front haut, le regard transparent et le nez fin de sa mère. Ne se voit pas lui racontant les détails sordides de sa mésaventure en Grèce avec son copain Gilles et la bande d'idiots qu'ils ont trouvés dans leur camping. Ils étaient mal tombés, c'était un village de toile fréquenté par de jeunes soûlards en mal de *retsina*.

Tout avait cloché pour ce voyage dès le début.

Juste avant l'été, son Huron l'avait laissée tomber.

Elle était partie avec Gilles, un gars qu'elle connaissait à peine, par pur dépit et surtout pour ne pas s'en aller toute seule en Grèce. Quand on a l'habitude de se conformer à la vie de groupe et d'endosser le prêt-à-penser de tout le monde, la solitude fait peur.

Gilles s'était avéré ni bon, ni mauvais. Il se laissait entraîner par les autres. Tout le monde buvait du *retsina* dans le camping, c'était même à qui en boirait le plus. Gilles n'était pas habitué au vin, sa Labatt était loin. Un soir il s'était enivré pour prouver à tout le monde qu'il savait boire. Éméché, il était devenu grossier. Josyane, dégoûtée, était allée se coucher.

Elle avait attendu en vain qu'il vienne la rejoindre. Autour du feu de joie, les garçons et les filles menaient un train d'enfer. Josyane, énervée, désespérait de s'endormir. Il faisait très chaud, elle s'était allongée dans son sac de couchage sans remonter la fermeture à glissière. Et Gilles était revenu.

Pour lui faire sentir qu'elle était fâchée elle n'avait pas eu un geste, pas la moindre réaction. Elle avait fait semblant de dormir. Elle était contente qu'il soit revenu, mais elle lui en voulait trop pour le lui dire, elle avait envie de pleurer. Puis tout s'était précipité.

Le garçon, d'un mouvement brusque et inhabituel, lui avait pincé le sein, sa main droite était descendue le long de sa hanche — une main chercheuse aux doigts durs, presque méchants. L'ivresse le rendait brutal. Josyane avait tenté de l'écarter, ce n'était plus le moment de faire semblant de dormir, ce Gilles inconnu lui faisait peur.

De toute sa force, elle tente de se dégager. Peine perdue. Elle sent son corps rouler sur le sien. Elle ne veut pas de lui, son haleine empeste. Dans un effort désespéré, elle libère ses mains, les appuie avec rage contre la tête de l'intrus. Horreur. Ce n'est pas Gilles qui pèse sur elle de tout son poids, c'est un autre, un garçon aux cheveux courts et drus. Gilles a des cheveux longs et fins qui lui donnent vaguement l'air d'un découvreur français du dix-septième siècle.

Josyane hurle, griffe, se débat comme elle peut, mais sans succès. Le poids de l'autre l'écrase et le peu de souffle qui lui reste s'épuise dans la tentative de l'esquiver. Ses ongles n'ont aucune prise sur le blouson du garçon. Quant à ses pieds, elle peut à peine les bouger, ils sont emprisonnés dans l'extrémité hermétique du sac de couchage.

Quand il était entré en elle, son estomac s'était creusé jusqu'au vertige, elle s'était entendue crier sans reconnaître sa propre voix. Il l'avait laissée aussi brutalement qu'il l'avait abordée, de fort méchante humeur, en grognant des mots obscurs qui n'étaient pas des compliments. Depuis lors, Josyane vivait dans l'anxiété. Ne plus jamais revoir ce type affreux, ne plus jamais revivre ce moment aberrant. Renoncer à ses amis farfelus, à sa vie de barreau de chaise. Se ranger, comme aurait dit sa mère. S'assumer, comme aurait dit son père. Étudier comme tout le monde et faire quelque chose avec sa vie. Elle n'était qu'une décrocheuse, elle avait cessé d'étudier il y a longtemps pour punir ses parents. Et aussi parce qu'elle désespérait de jamais se hisser au niveau de leurs attentes.

Le lendemain, elle s'était sauvée sans rien dire à Gilles. Ce dernier, d'ailleurs, cuvait son vin. Elle ne voulait pas que la chose s'ébruite, elle ne voulait plus la revoir, ni ses autres amis, les *new-waves* et les *soft-punks*. Elle s'était enfuie à Rome, sûre d'y trouver Lucette, une amie d'enfance mariée à un Italien. Elle comptait bien aussi y retrouver sa mère.

L'amie s'était envolée. Pour ce qui est de sa mère... Quand elle avait vu Évelyne, au Centre culturel, si absorbée, si distraite, le cœur lui avait manqué. Comment lui dire qu'elle avait été prise par une brute éméchée dans un camping banal? Comment lui expliquer le mécanisme pervers de l'affaire? Évelyne penserait que sa fille se livre à des orgies, Josyane en entendrait parler jusqu'à la fin des temps. Et son amie Lucette qui choisissait ce moment pour revenir à Montréal. Lucette l'aurait accompagnée chez un gynécologue, aurait parlé pour elle, expliqué, traduit.

Ah, Lucette, Lucette, pourquoi avait-elle décidé de rentrer au Canada en ce moment précis?

Et Mario, pourquoi n'était-il pas au Centre culturel, cet après-midi?

○

Un dernier clic, de plus près, cette fois, pour mieux cadrer son objectif. Un autre, avec recul, pour... Des alibis! La vérité? Mario ne parvient pas à se dégager, le moment présent s'inscrit profondément en lui. De surcroît, c'est un moment volé. L'idée qu'il serait censé être à Rome le tourmente de nouveau. Qu'est-ce que Josyane a pensé de lui?

Il revoit le visage tiré de la jeune fille, son regard traqué. Il la connaît à peine? Qu'importe. C'est comme s'il la connaissait depuis toujours. Josyane le bouleverse, elle charrie de l'angoisse à pleins bords. En plus, elle ressemble à Nina.

Vingt heures. On l'attend pour un tournage de nuit à Ostia, dans la banlieue de Rome. Dans une demi-heure, son ami Lello passera le prendre. Lello s'occupe des prises de vue. Ce soir, ils devaient tourner ensemble des extérieurs avec des réfugiés. On fera la séquence sans lui.

Vingt heures dix. Dans une demi-heure au plus tard, Lello sera chez lui. N'obtenant pas de réponse, il sonnera chez les Ceccarelli, ses voisins et amis. Qui s'inquiéteront. Les Ceccarelli se préoccupent de lui conne s'il était leur fils. Mario doit revenir au village et leur téléphoner sans plus attendre. Ce soir, il ne rentrera pas.

Il sourit. Habitué à vivre seul depuis des années sans rendre de comptes à personne, il lui aura fallu traverser l'Atlantique pour renouer avec les obligations familiales! Gemma, la femme de Tullio, aura préparé des gnocchi ou des tortellini à son intention. Elle va être désappointée.

Mais les Scoccia, à Fontevecchia, le seraient bien davantage s'il ne se présentait pas au dîner auquel ils l'ont convié. Plus que déçus ils seraient blessés. Dans ce pays de montagnes, il faut bien se garder d'offenser personne. Des siècles d'isolement ont rendu les gens ombrageux. Ce sont des gens tout d'une pièce et qui n'ont qu'une parole. Ils ressemblent à leurs montagnes. Austères, abrupts, il faut les conquérir. Mais s'ils vous acceptent, ils se montrent généreux, loyaux.

Avec eux c'est à la vie, à la mort. Les Scoccia sont la famille maternelle de Mario.

Encore un clic, le dernier, pour la beauté de l'heure. Des nuages soulignent le ciel de gris et d'or. Rideau sur le couchant, exit le soleil. En montagne, le temps change encore plus vite qu'en mer. Avec une bonne pellicule, les filtres appropriés...

Encore un prétexte. Mario n'arrive pas à s'arracher. Le paysage le subjugue. Ses formes, ses couleurs, son odeur trouvent en lui des échos.

Ses grands-parents lui auraient-ils légué la réminiscence de ces couleurs et de ces parfums en même temps que le contour de son visage, la forme de ses mains?

Mario vient de marquer un point. Même si le souvenir n'est plus dans le souvenir, tout, peut-être, n'est pas perdu.

Ni vraiment italien ni tout à fait québécois, il peut maintenant se reconnaître dans un lieu sans que personne ne brandisse l'addition. Il se sent profondément lié à ces montagnes qui ne seront jamais les siennes. L'idée le réconforte, quelque chose fond en lui. Il plie bagage et s'installe au volant de son *Land-Rover.*

Toute cette séance de photographie pour se familiariser avec le paysage l'a amené à se rapprocher de lui-même. Quand il photographiait les montagnes, tantôt, c'est lui qu'il a vu à travers son objectif. Comme si Mario avait photographié Mario. Josyane était quelque part dans le paysage, tiraillée comme lui entre deux pôles et deux réalités. Comme lui, comme Nina. La réalité n'en finit pas de se dérober. Mario croyait connaître l'Italie. Mais le pays imaginé est différent de l'Italie réelle. Il est tout ce qu'il a souhaité qu'il fût, il est au-delà de ses attentes. Mais ce ne sera jamais son pays.

L'Italie a cessé d'être le pays de ses parents et de ses grands-parents. Ils ont dû s'insérer dans un monde nouveau. Changer d'orbite. Se transformer. Perdre leur identité sans en acquérir une autre de rechange. Mario se situe quelque part entre tous ces déracinements.

Il met le cap sur Fontevecchia. Il a bien fait de venir. Ne serait-ce que pour ce moment volé, il n'est pas venu ici pour rien.

○

— Et si c'était à refaire?
— Je recommencerais!

Colette et son mari se comprennent au vol. Il vient de faire allusion au fait qu'elle a quitté son pays et sa famille pour l'épouser. Mais elle ne s'est jamais sentie une exilée. Si c'était à recommencer, elle le referait. Forcément. Pour être avec lui. Elle est ici parce qu'elle l'aime, cela ne se discute pas.

— Et toi, tu regrettes l'Amérique?

Ils ont eu le choix à l'époque. Son mari s'est spécialisé à New York. Hôpitaux, université. Oncle Sam voulait le garder.

Au lieu de lui répondre, son mari bourre sa pipe. Elle continue.

— Tu grognais tout le temps, à New York. Tes collègues italiens aussi. Vous n'êtes heureux qu'en Italie, mais vous ne voulez pas l'admettre.

○

Le repas avalé, les enfants éclipsés, la télévision éteinte. La paix, enfin.

— Et alors, tes compatriotes?

— Nous avons bien bavardé. Évelyne, Jean-Luc. Ils n'ont pas vraiment changé. Pourtant, il ne sont plus les mêmes.

Va-t-elle avouer qu'elle a senti un décalage entre elle et ses amis? Qu'à cause d'eux, elle se remet en question? Doute de ce qu'elle a écrit?

Il fait frisquet, maintenant. Colette ferme la porte-fenêtre. Les fleurs insistent. Les roses, surtout. Leur odeur lui parvient, énervée, insinuante comme un appel. Colette se détourne à regret.

— Quelque chose ne marche pas avec mon article, je ne sais pas quoi au juste.

— On pourrait le relire ensemble.

— Plus tard, peut-être.

Colette a besoin de réfléchir. Est-ce vraiment son papier qui ne va pas? Ou elle-même?

Elle fronce les sourcils. Deux plis à la racine de son nez font de petits guillemets. Pour elle, Rome a été plus qu'une ville d'emprunt où transplanter sa vie. Dans son papier, elle dit aimer Rome depuis toujours. Elle dit l'avoir aimée avant de la connaître. Elle parle de sédiments de l'âme.

Les sédiments de l'âme existent-ils? Et comment le prouver?

Les mots de son texte lui reviennent à l'esprit. «Sait-on pourquoi on aime quelqu'un pour un jour, pour un an, pour la vie? On aime une personne, ou une ville, tant qu'on peut rester soi-même à son contact.»

Elle se tourne vers son mari.

— Trouves-tu que j'ai changé?

— Tout le monde change.

— Pas toi.

— Tes amis canadiens pourraient te répondre mieux que moi.

— Ils m'ont dit que cela ne se voit pas.

— Mais toi, te sens-tu différente?

Voilà toute la question. Colette ne s'est jamais sentie aussi québécoise que depuis qu'elle vit à Rome. Ici, elle a appris à se définir. Les Romains l'ont aidée.

— Vous êtes américaine?

— Non, canadienne.

— Mais vous n'êtes pas française. Le Canada appartient-il toujours à l'Angleterre?

À l'époque, on ne se définissait pas comme Québécois. Comment se situer au regard des Européens? La neige, le froid, les forêts, l'immensité. Les Romains sont des gens concrets. Ils l'ont forcée à répondre à des questions qu'elle ne s'était jamais posées. Ils explorent la réalité, vont jusqu'au fond des choses. Vivent le moment présent comme si c'était le dernier. Philosophie matérialiste? Non, positive.

Pragmatiques, ils se voient sans complaisance, s'acceptent comme ils sont. Acceptent les autres sans essayer de les changer, sans chercher à les influencer. Devrait-elle en faire le point saillant de son article? Qui ne serait plus un témoignage sur Rome, mais sur les Romains. D'ailleurs, la question n'est pas là.

Les plis s'accentuent entre ses sourcils puis s'effacent. Colette a trouvé ce qui la tracasse. Elle a passé ici une grande partie de sa vie, s'est mariée, a eu des enfants. Elle ne se voit plus vivant ailleurs. Aimerait-elle Rome par habitude?

Ses souvenirs sont au passé, ses impressions à l'imparfait, beaucoup de ses considérations au futur antérieur. Son émotion, pourtant, est toujours au présent. Son enthousiasme aussi. Coordonner. Elle doit coordonner ses données.

Si c'était à recommencer, le ferait-elle? Épouser un Italien, son pays, sa culture. Avoir des enfants d'un étranger dans un pays étranger, leur enseigner une langue qui n'est pas la sienne, leur expliquer un monde qu'elle doit elle-même interpréter. Décodifier en leur faveur une réalité qui est le contraire de la sienne. Vivre à l'encontre de ses propres rivages.

Transformer sa manière d'être et de sentir, se métamorphoser. L'air, l'eau, le vin, une nouvelle cuisine, de nouvelles habitudes. Un emploi du temps totalement différent.

Une nouvelle valeur aux choses, tout est plus compliqué. Les enfants ne sortent pas seuls, obligation de les accompagner à leurs cours, à la promenade. L'école le samedi, les enfants à la maison tous les après-midi. Les faire étudier. Travailler avec eux l'histoire de Rome, la poésie épique, la syntaxe italienne. Le système métrique, elle qui était habituée à à calculer en milles, en pouces et en pieds.

Les repas sont plus élaborés, tout est mijoté, fait main à partir de produits frais: fruits, verdures qu'il faut éplucher, écosser, apprêter.

Nécessité d'une aide ménagère, difficultés à se faire comprendre. La belle-famille omniprésente. Savoir manœuvrer, se faire accepter.

Elle a dû apprendre, réapprendre. Enseigner ce qu'elle venait d'assimiler, et quelque chose en plus. Atténuer les différences, repérer les similitudes, sommer les convergences. Obtenir une équation qui satisfasse tout le monde.

Improviser. Redéfinir. Élaborer. Réinventer. Se mettre elle-même en questionnement.

Mais n'est-ce pas là le suc de l'existence? Si c'était à recommencer? Elle referait le même parcours.

Il y a autre chose. Si elle découvrait Rome maintenant, tomberait-elle sous le charme comme alors?

— Qui sait, dit-elle en regardant son mari, comment je réagirais si je voyais Rome, aujourd'hui, pour la première fois?

— Rome a bien changé. On la remet tous les jours en question.

— Le monde entier a changé. Rome est-elle plus inaltérable qu'une autre ville? Mon papier est-il objectif?

— Tu te crées des problèmes. On t'a demandé tes impressions sur Rome. Donne-les.

Colette voudrait bien. Mais ce n'est pas facile. Être objective, justement. Et rationnelle. Rome n'est pas une ville rationnelle. C'est une force de la nature, une entité cosmique qui s'enrichit de sa propre destruction. Qui se nourrit de sa propre matière. Les villes ont-elles un destin, comme les humains?

Elle ouvre la bouche pour s'expliquer, se ravise. Les mots restent en suspens, sa pensée aussi. Comment expliquer ce qui la tourmente? Il ne s'agit pas seulement pour elle d'écrire ses impressions pour les lecteurs d'un magazine montréalais. L'article en lui-même n'a pas tellement d'importance. Elle y renoncerait même si...

La sonnerie du téléphone interrompt brusquement le cours de ses pensées. On la demande.

— *Pronto?* Allô?

Ses interrogations resteront sans réponse. Elles attendront. Son article aussi. Comme les plantes. Comme elle.

Colette passe sa vie à attendre, à attendre d'avoir du temps. Mais le temps n'attend pas. Demain elle se lèvera aux aurores, elle reprendra son papier de bout en bout, le lira de façon détachée. Sans passion. Comme s'il s'agissait d'un texte dont elle n'est pas l'auteure.

3

Évelyne presse le pas en écrasant son sac sous son bras. Se méfier des filous, des tire-laine. Se garder des scooters, des motos. Ils arrivent dans votre dos et vous piquent votre argent, votre passeport, vos chèques de voyage.

Le Transtévère! Un quartier populaire, pittoresque, couru par les résidents étrangers.

À cette heure, en pleine nuit, Évelyne a peur. D'être volée, d'être agressée. La fatigue, sans doute, la fait déraisonner.

Tout est calme, pourtant. Où sont les restaurants bruyants, les terrasses animées où Manlio l'a amenée l'an dernier? Les tables débordaient sur la chaussée. Les gens mangeaient en se touchant du coude, fraternisant dans un éclatement d'allégresse collective. L'air vibrait de fumets, d'appels et de chansons. Le Transtévère est le ventre de Rome. Son cœur aussi.

Les succulentes réminiscences!

Comment dire non aux victuailles prometteuses exposées aux vitrines des *trattorias* dans un écrin de branchages verdoyants? L'éclat blanc du poisson y souligne la roseur appuyée de la viande — agnelet du printemps piqué de romarin, faisan panaché, emplumé sur un lit de laurier. Le grain onctueux des fromages accentue la blondeur prometteuse des pâtes. Elles jaillissent entre les bottes d'asperges et les paniers de fraises.

Évelyne a souvent médité sur l'aspect inventif, artistique des pâtes, sur ces écheveaux de fils dorés, de cubes coussinés ou de conques replètes, convexes, rebondies, débordantes. À Rome, songe-t-elle, la gourmandise est une vertu.

Elle et Manlio avaient mangé des spaghetti *alle vongole* à la lueur de chandelles fichées dans des goulots de bouteilles. Des troubadours locaux, mi-chanteurs mi-farceurs, les avaient régalés de refrains entraînants. L'an dernier, tout le Transtévère semblait un restaurant à ciel ouvert, une kermesse joyeuse où le monde entier se donne rendez-vous à l'enseigne de la bouffe et de la bonne humeur.

Mais il se fait tard. Ce soir, les terrasses sont désertes. Il a plu. Les venelles où il fait si bon flâner le jour prennent facilement, la nuit venue, un aspect sinistre. Enfin, presque. Les artisans cèdent la place aux drogués et les touristes aux vagabonds. C'est ce qu'on a raconté à Évelyne, qui presse le pas. Elle prend garde où elle pose les pieds. Des flaques insidieuses se cachent entre les pavés disjoints. Le vent humide qui balaie la chaussée a quelque chose d'un peu navrant. Les passants sont rares. Rien ne ressemble moins à Rome le jour que Rome la nuit.

Qu'est-ce qui lui a pris chez Manlio? Pourquoi s'est-elle sauvée? Pour le punir? Lui faire la leçon? Pour qu'il regrette sa conduite? Quelle conduite? Il a dû la trouver immature. Inconséquente. Cette manie qu'elle a de tourner le dos aux difficultés, de fuir à toutes jambes dès qu'elle est contrariée. Se sauver de Montréal et se jeter dans une impasse à Rome!

Évelyne avise un petit café blafard à l'extrémité de la ruelle. *Bar latteria*. Elle pourrait y entrer, deman-

der une voiture. Elle n'est pas dans la partie exci-
tante du Transtévère, celle des mansardes de luxe et
des studios d'artistes, des *trattorias* à la mode et
des boutiques fantasques. Elle est dans un coin
tranquille où habite le petit peuple des artisans et
des commerçants.

Tout dort, tout semble hors du temps. Hors
standard. Évelyne vient de lire sur une pancarte
orangée: *Santa Maria del Trastevere*. Elle connaît.
L'église byzantine à la façade ornée de mosaïques
n'est pas loin de l'avenue du Transtévère. Elle y
trouvera tous les taxis qu'elle désire.

Rassurée, elle marche plus posément, risque un
regard à gauche et à droite.

Ici, un hôtel particulier qui a connu des jours
meilleurs. Il n'a pas été ravalé depuis des lunes, on
le dirait prêt à s'effondrer. À l'improviste, la lumière
s'allume à l'étage révélant un lustre de cristal et des
plafonds à caissons comme dans les basiliques. Le
palazzo ressemble à celui de Manlio. L'étage noble
et l'attique doivent être loués, très chers, à des
étrangers.

Elle remarque, le long de la venelle, de belles
constructions qui ont trois cents, quatre cents ans.
S'y faufilent des façades modestes, vétustes, avec un
air de s'excuser. Elles se tiennent debout en
s'épaulant les unes aux autres. Évelyne les trouverait
mélancoliques n'était leur crépi ocre aux tons passés, comme empreint de douceur, et un je ne sais
quoi de familier qui retient le regard. Dans le
Transtévère, les vieilles maisons ont des yeux, un
nez, une bouche. Elles vous lorgnent, elles lou-
chent, on dirait qu'elles vous parlent.

Elles le font. Elles consolent Évelyne qui oublie
Manlio, Guia, toutes ses déconvenues. Elle marche

le nez en l'air, savourant sa promenade nocturne, étonnée et ravie par le spectacle de ces palais restaurés, entrecoupés de demeures ravagées par le temps. Par ce mélange d'abandon et de faste, de terre-à-terre et de mystère.

«Rome est la ville de l'imprévu», lui répétait Manlio. «Tu ne sais jamais ce qui t'attend au tournant du carrefour.» Manlio. Comme elle voudrait être avec lui sur sa terrasse biscornue. Non. Dans son lit.

Évelyne s'arrête, entre dans le petit *bar latteria*, commande un *China Martini*.

— *Caldo*, précise-t-elle au serveur. Elle le veut chaud, comme un grog. On le lui servira dans un gobelet de verre à support métallique, elle le boira à l'aide d'une paille. C'est Manlio qui le lui a enseigné.

Le fumet aromatisé au zeste de citron lui pique agréablement les narines. Ses yeux se mouillent par réaction, elle se détend.

Le tournant du carrefour! Elle l'a eue sa surprise, cet après-midi, quand elle a vu Jean-Luc. Au moment où elle entrait dans la salle de conférence, au Centre culturel, la vue de son profil l'a figée sur place. L'amour de sa jeunesse!

Jean-Luc s'est retourné, ils se sont entre-regardés tous les deux l'espace d'une seconde. Puis il a détourné les yeux, s'est penché sur une femme assise à ses côtés. Une blonde aux yeux étirés. Une slave? C'est une Hongroise, comme elle devait l'apprendre plus tard. Elle s'appelle Alicia.

Évelyne, pendant des années, a adoré Jean-Luc en silence, de loin. Le Père Francœur n'avait pas formulé ses derniers vœux. Il dirigeait les associations juvéniles de sa paroisse, il était de tous les comités, de toutes les initiatives.

Évelyne s'arrangeait toujours pour se trouver sur son passage, le poursuivait. Elle le guettait, connaissait ses heures, éprouvait du bonheur simplement à passer sous sa fenêtre. Elle n'était pas la seule à l'aimer à distance. Il faisait des malheurs partout où il passait sans se douter de rien. Mais elle a été la seule à l'aimer si longtemps, un délire.

Puis un jour Jean-Luc a été envoyé à Rome.

Université Grégorienne. Théologie, philosophie, histoire de l'Église. Il en reviendra grand docteur. S'il revient.

Il n'est jamais revenu. Évelyne a épousé Marcel.

Elle a enfoui le souvenir de Jean-Luc, l'a refoulé, du moins le croyait-elle.

Cet après-midi, le passé a ressurgi, réveillant ses fantômes. Ils se dressent maintenant devant elle, de chair, d'os et de sang. Évelyne est ébranlée.

Elle quitte le café. Elle a bu son *china* trop vite. Ses joues brûlent, elle a chaud. Sa fatigue tombe sur ses épaules comme une chape de plomb.

Si elle était restée à son hôtel, cet après-midi, elle se serait reposée. Elle n'aurait pas perdu la tête, ensuite, chez Manlio. Elle aurait même pu tourner la situation à son avantage. Elle s'est enfuie de la garçonnière comme une sotte.

Évelyne se voit prenant le combiné des mains de Manlio, saluant Guia cavalièrement:

— Guia, bonsoir. Nous parlions de vous, justement. Pourquoi ne feriez-vous pas un saut jusqu'ici? Nous finirions la soirée ensemble.

Au lieu de quoi, elle lui a abandonné le terrain. Elle a perdu Manlio, elle a perdu la face, elle s'en veut.

○

La rue s'anime autour d'elle. Des gens sortent d'une pizzeria, de jeunes garçons s'exercent au soccer au milieu des voitures. Encore deux pas, et c'est l'avenue du Transtévère.

Un taxi, finalement. Évelyne s'abandonne sur la banquette arrière.

Arrivée devant l'hôtel, la marquise la délivre de ses angoisses. Elle s'engouffre dans le hall, se rue vers l'ascenseur.

— Votre fille vous a téléphoné, lui a dit le concierge en lui tendant sa clé.

— Elle a laissé un message?

— Elle vous appellera demain.

Sa fille. Josyane. Elle l'avait oubliée!

○

Un scooter strident évite Jean-Luc de justesse. Un casse-cou, mais virtuose. Ils sont tous les mêmes. Il y a cohue devant un cinéma. Des gens, massés en grappes, attendent le début du spectacle.

Ils devisent, s'interpellent. Jean-Luc passe au milieu d'eux, absent à tout. Des bribes de phrases, des appels mondains, des gestes de la vie quotidienne frôlent sa conscience. Tout à ses réflexions, il ne voit rien, n'entend rien. Le pavé de Rome stimule son pas maintenant comme jadis. Et, maintenant comme alors, l'idée qu'il devra bientôt partir le consterne.

Il a tant de choses, encore à découvrir. On ne connaît jamais une si vieille ville. Il l'a pourtant regardée sous tous ses angles, en chaque saison et aux différentes heures du jour. Toujours elle lui réserve de nouvelles surprises, des clins d'œil inédits.

Lors de son premier séjour, il marchait des heures dans les rues, il oubliait de rentrer. Rome était devant lui, sous ses yeux, par-dessus sa tête. Levait-il le nez? Il apercevait une basilique au-dessus de l'horizon. Des églises, juchées sur une élévation de terrain, semblaient plantées en l'air. La lune surgissait entre des palmiers échevelés, le soleil déboulait sur un toit de tuiles jaunes, le ciel s'épanouissait derrière un clocher roman aux triples ogives à colonnettes de marbre.

Il entrait partout, il forçait des portes, il n'en avait jamais assez. Les platanes le long du Tibre, les ponts millénaires, les quais, les rues l'exaltaient. Et les places, surtout — la perspective des places, si naturelle qu'elle semble évidente. Tout palais a son pendant, chaque façade son complément — comme toute invocation, dans une prière, a son répons.

L'horizon n'était jamais bouché, il n'était pas vide non plus. Le ciel répondait au ciel, l'eau à l'eau et la pierre à la pierre. Un jeu de volumes, de lignes concertantes avec, comme équation, l'équilibre, l'harmonie. C'était, pour Jean-Luc, la géométrie devenue poésie, la cohésion, fantaisie. Il démontait les places dans sa tête, puis les reconstruisait. Cet exercice l'enchantait.

Ou bien il se perdait dans le dédale tortueux des rues laborieuses. Les ruelles étroites aux alentours de la *via dei Coronari*, entre le Tibre et le Corso, étaient alors des ateliers à ciel ouvert. On restaurait les vieux meubles et les ouvrages en fer forgé, on les revendait ensuite à vil prix. Les ébénistes, les serruriers, les tailleurs de pierre d'art le connaissaient et

lui rendaient son salut. Il les regardait vivre et travailler. Il écoutait tomber l'enclume sur le métal tordu,
ses yeux cillaient devant les étincelles crépitantes. Il
observait les allées et venues au rabot sur le bois
qu'on chantourne, il regardait tomber les copeaux
frisés. Il respirait l'odeur de la laque et de la térében-
thine. C'était pour lui l'odeur de la vie.

Ces artisans en bleu de travail avaient été ses
premiers amis.

— En désirez-vous? *Vuole favorire.* Souvent il
partageait avec eux un quart de vin ou une miche de
pain.

Parfois, un portail, une ancienne porte cochère à
l'allure princière s'entrouvrait sur une cour intérieure
où poussaient des statues, des bas-reliefs antiques,
des orangers. Jean-Luc se retrouvait près d'une fontaine moussue; le ciel se reflétait sur l'eau étale. Ici,
le ciel ne vieillit pas. Rome est un creuset où le
temps a caché son secret. Elle ne donne aucune réponse mais elle connaît toutes les solutions. On y
trouve de tout, sauf des règles contraignantes. Elle a
la grandeur souriante, voilà pourquoi Jean-Luc
l'aime tant.

Il devenait poète, il était amoureux. Il redevenait
adolescent. Il se montait la tête, il croyait être le
premier à percevoir la fascination de la ville. Rome
était sa découverte, sa prise, son trophée. Rome
n'était belle que pour lui.

Il entrait dans une église pour calmer son esprit,
il s'agenouillait pour rentrer en lui-même. Il priait.
Mais Dieu avait déménagé. Les Saints ne lui répon-
daient pas. Des voix qui venaient de plus loin couvraient leurs réponses. Leur murmure chuchotait
quelque chose d'imperceptible que Jean-Luc poursuivait sous les plafonds à caissons des basiliques

ou sous les arches dépouillées des églises romanes. Partout des tableaux foisonnant de personnages parlaient de mythologie, de zodiaque, d'esthétique et d'ésotérisme.

Il regardait un archange droit dans les yeux et l'autre lui racontait les fastes très profanes d'un pape d'antan plus *condottiere* que théologien. Les saintes ressuscitaient Laure et Béatrice. Un jour, il invoqua une madone. Pour toute réponse, elle lui sourit. Ses yeux énigmatiques évoquaient la Renaissance quand les femmes avaient les sourcils épilés et les cheveux fleuris.

Il cherchait à définir ce quelque chose qui lui échappait et qui n'était rien d'autre que le murmure des âges. Plus les églises étaient anciennes et plus le phénomène s'intensifiait. Quand elles étaient construites sur les fondements de temples antiques, elles le fascinaient. Les déesses païennes semblaient rire dans un rayon de soleil.

Dans l'église Sainte-Marie-sur-Minerve, il retrouvait la fille aînée de Jupiter. Dans l'église Sainte-Marthe, près du Panthéon, c'était Isis importée d'Égypte par l'empereur Hadrien. Où finit la déité, où commence la divinité? Jean-Luc s'en voulait de ses pensées profanes dont il n'aurait soufflé mot à personne.

Un jour de mai, il se retrouva nez à nez avec ce qu'il cherchait. Il venait d'entrer tout en nage dans l'église de Saint-Clément près du Colisée. L'église était sombre et fraîche. Jean-Luc avait frissonné.

Il avait les yeux collés sur son guide, mais ses oreilles bruissaient alors qu'il s'engageait dans l'enfilade de galeries obscures qui mènent aux souterrains. De plus en plus bas, de plus en plus profond. Il s'enfonçait dans les passages désaffectés avec le sentiment d'un catéchumène allant aux catacombes pour la première fois.

«Saint-Clément, disait le guide, est une église romane bâtie sur une basilique du IVᵉ siècle. Elle est restée emmurée sous la construction actuelle, c'est une église fantôme.» Ses fresques, que l'humidité décolore, sa nef remplie d'échos firent sur Jean-Luc une impression profonde. Il lui semblait aller à la rencontre du temps non plus perdu mais retrouvé.

«Cette grande coque de pierre vide, continuait le commentaire, où les premiers chrétiens se réunissaient pour célébrer le sacrifice eucharistique, a été construite par-dessus un temple consacré au culte de mithra, une religion très en vogue durant le haut-empire. Le temple est resté intact, tout y est: le vestibule, la salle de banquet et la grotte de rigueur.

«Ce mitrée date du 3ᵉ siècle, il a été édifié sur les vestiges d'une maison d'habitation remontant au siècle précédent. On y distingue encore les chambres et les corridors ornés de stucs. Cette maison s'élevait à son tour sur le site d'un palais de forme rectangulaire, sans doute un édifice privé dont les grandes salles au plafond voûté remontent au 1ᵉʳ siècle.»

Après les chrétiens primitifs, Jean-Luc venait de croiser les anciens Romains. Ils avaient foulé ce pavé de leurs pieds, ils avaient ri, parlé, crié entre ces murs désormais muets. Rome a été bâtie sur elle-même couche après couche, siècle après siècle, sans jamais rien détruire. Rome n'efface rien, ne renie rien. Elle assimile et continue.

Dans ce monde où règne l'éphémère, Jean-Luc trouvait quelque chose de durable dans la continuité de cette ville que l'on dit éternelle. L'église de Saint-Clément: une saga racontée dans la pierre et le tuf.

Il y rencontra l'Histoire. Sa nouvelle passion devait balayer tout le reste. L'église n'était plus pour lui un corps abstrait animé par le seul esprit. Elle devenait un organisme de sang, de chair et d'âme.

Jean-Luc avait entrevu le principe des valeurs humanistes, il avait eu ce qu'il croyait être une révélation du monde.

Il se plongea dans l'étude de l'Antiquité comme on se soûle dans la philosophie et la poésie.

Il voulait tout savoir, il voulait tout apprendre. En ce temps-là, son intelligence lui tenait compagnie. Il lui parlait, elle lui répondait. Il sentait qu'il pouvait compter sur elle en tout temps. Jean-Luc avait succombé à la tentation de l'intellect, il rêvait d'un savoir total.

Il lisait les auteurs grecs et latins. Origène, Démocrite, Sénèque. L'infinité des mondes, l'éternité de l'âme. La maîtrise de soi. Il pillait sa belle santé. Il bûchait la théologie et les Pères de l'Église le jour et il lisait, la nuit, comme un forcené. Il devint hagard, tomba malade. Inquiets, ses supérieurs lui avaient ordonné de s'éloigner et de réfléchir.

Jean-Luc accepte de réfléchir mais il refuse de s'éloigner. Il reste à Rome en dépit de tout. Après six mois de réflexion, il décide d'abandonner les Ordres. Perdu dans ses livres, il croit entendre l'harmonie des sphères. Il aspire à l'absolu.

Projet grandiose. Illusions perdues. Il choit durement sur la réalité. Il s'essouffle. Il est seul. Il a faim. Il déchante. Le sourire des femmes le poursuit. Il résiste, refoule ses impulsions, fait taire ses fantasmes. Il étudiera davantage.

Son corps se venge, son esprit souffre. Il vit maigrement en donnant des répétitions de grec et de latin. Il se retrouve, un dimanche matin, dans le lit de sa logeuse. Il se laisse faire les yeux fermés. Le dimanche d'après, il y sera de nouveau.

Jean-Luc ne s'admire plus. Il se méprise. Puis, au moment où il désespère, il découvre *la Divine Comédie* grâce au professeur B.

C'est pour lui un signe. Il n'est plus abandonné, il retrouve sa place chez les hommes. Après tant de jours d'aridité morale et de vide cérébral, il a l'impression de toucher à la Beauté, à la Vérité. Il perçoit la présence d'un tout infini dans lequel il voudrait se fondre. *La Divine Comédie* devient l'âme de Jean-Luc, elle lui tient lieu de mère, de conscience.

Après dix-huit mois, il rentre au Canada. Automne 1962. Il enseignera l'histoire médiévale. Il poursuit sans le dire à personne son étude sur Dante.

Il travaille, il cherche sa place. Jean-Luc se sent déconstruit, mal dans sa peau.

En société, il reste froncé, guindé. Sa sûreté olympienne, son prestige immanent? Évanouis. Il plaît beaucoup moins. Où est l'emprise qu'il exerçait sur les femmes, sur tout le monde? On ne l'écoute plus, on se méfie de lui, on le tient à l'écart; il est un défroqué.

Il avait méprisé le monde? Le monde se venge, le monde le rejette. Il accable les autres de son silence crispé.

Même les livres rendent un son creux. Où est passée leur magie, leur force révélatrice? *La Divine Comédie* lui transmet de loin en loin des signaux lumineux. Jean-Luc s'accroche à leur intermittence.

Il forcera les livres du haut de son créneau. Mais le sens de la vie semble lui échapper. Nostalgie de Rome où tout était possible.

À quoi, au juste, est-il bon? Ne serait-il qu'un faux jeton? Professeur, essayiste, conférencier.

Estimé, renommé, recherché. Mais jamais à la hauteur de l'idée qu'il se fait de lui-même.

Orgueil? Dante considère l'orgueil comme la source de tous les péchés.

On ne découvre pas la Vérité dans l'Évangile, dans l'Histoire ou dans la Poésie. On la trouve en soi quand on la cherche ou quand on la désire.

Chercher. Trouver.

— Connais-toi, lui dit Alicia.

○

Le hautbois se tait.

La main de Jean-Luc glisse de la main d'Alicia. Il s'éloigne, elle le regarde partir. C'est la deuxième fois aujourd'hui.

Cet après-midi, durant le récital de poésie, Jean-Luc avait posé sa main sur son poignet. Bonheur, concordance. Puis le charme s'était rompu. La présence d'Évelyne, dans la salle, avait déterminé une rupture d'harmonie.

Évelyne, assise quelques rangées en avant, s'était retournée à plusieurs reprises. Des yeux, elle cherchait Jean-Luc.

Le manège avait amusé Alicia. La réaction de Jean-Luc, un peu moins. Il avait retiré sa main. À l'improviste, le courant entre elle et lui avait été coupé.

À voix basse et pointant le menton vers Évelyne:

— La «vierge folle», avait-il commenté.

Évelyne. Une fausse note oubliée dont l'écho se prolonge? Alicia voudrait l'effacer. La vie de Jean-Luc est peuplée de fausses notes comme une mauvaise partition.

Ils peuvent néanmoins s'accorder, elle et lui, avec un bonheur rare. L'accord peut-il durer? Voilà toute la question.

Ils sont si différents. Par exemple, Jean-Luc a une vision de Rome opposée à la sienne.

Il aime la ville et ses monuments d'un amour inconditionnel, mais il évite d'en parler avec elle. Leurs souvenirs ne se rencontrent pas.

Alicia, pour sa part, adore revenir à Rome de temps à autre. Ça la rajeunit, ça lui défripe l'âme. À la longue, pourtant, elle y étouffe. Elle aime avant tout la nature, l'espace. Elle a besoin de marcher pour réfléchir, le front dans le vent en respirant à pleins poumons. Jean-Luc, au contraire, peut cogiter au hasard des rues en faisant abstraction de la foule et de la pollution. Rome l'inspire, il la sent autour de lui et en lui, le reste n'existe pas. Alicia le comprend et respecte sa vision. C'est vrai. Rome a quelque chose d'immuable et Jean-Luc a raison. Ce n'est pas Rome qui change, c'est nous à son contact.

Alicia et Jean-Luc sont deux contemplatifs, mais de nature diverse. Ils posent néanmoins le même regard sur la vie — un regard de chercheur, chacun de son côté. Il est son esprit frère, son cœur jumeau. Il le sait, lui aussi, mais il a peur. Alicia sait que Jean-Luc a peur. Jean-Luc est un homme qui ne veut pas se renier. En liant sa vie à la sienne, craint-il de se désavouer?

Pourtant, aucun des deux, avant de se connaître, ne savait s'exprimer avec la lucidité qu'ils partagent aujourd'hui. Chacun se définit mieux. Chacun, à travers l'autre, plaît davantage à soi-même. Ils se sont trouvés, comment se séparer?

Alicia désire Jean-Luc, elle veut tout de lui, son cœur, son esprit, les pulsions de son sang. Il n'est pas jeune. Raison de plus pour ne pas attendre. Jean-Luc n'est pas un pur esprit. Il l'aime, il le lui a laissé entendre tellement de fois. Il est temps d'en finir avec les tours d'ivoire!

Hier, quand elle a mentionné son retour au Canada et l'hypothèse d'une vie commune, Jean-Luc ne lui a pas répondu. Alicia a perçu son silence comme un retrait. Sont-ils trop différents pour s'entendre? Devra-t-elle renoncer à lui? L'aimer en dépit de lui-même?

Jean-Luc est libre d'arranger sa vie à son gré. Elle aussi. Le problème, conjuguer leur liberté réciproque. Alicia doit réfléchir, trouver une solution. Mais maintenant, il y a la musique qui tournoie autour d'elle. Elle la laisse affluer.

La musique, comme toujours, la transporte. Elle efface Jean-Luc. Une phrase musicale en suscite une autre, atteint la perfection. Non, d'autres notes vont plus haut, vont plus loin. Cela n'en finit pas. Alicia est suspendue entre deux vies.

Les interprètes se retirent, on ravive les lumières.

Alicia ne bouge pas. Autour d'elle les gens se lèvent, échangent des propos. Elle fait abstraction de tout, elle veut prolonger le charme. Transportée par la musique, elle vient de revivre un instant fulgurant quand, sortie d'elle-même et balancée entre la vie et la mort, un jour, elle a choisi la vie. Mais est-ce bien elle qui a choisi?

○

Alicia est une canadienne d'origine hongroise et elle est saisissante avec sa peau laiteuse, sa bouche ferme et ses yeux gris au regard liquide. Dans sa jeunesse, il lui est arrivé une aventure singulière. Elle est morte, un jour, l'espace d'un temps indéterminé, puis elle est revenue à la vie. Mais, pour peu que l'expérience ait duré, cette mort lui avait semblée plus réelle que la vie elle-même. Est-ce la mort qui est l'envers de la vie, ou le contraire?

○

Automne 1956. Les chars russes envahissent la Hongrie. Résistance, massacres. Les vaincus fuient. Alicia a treize ans, elle émigre au Canada avec sa grand-mère. Elle est terrifiée, cassée en dedans. Sa famille a péri. On l'a arrachée à sa ville natale, à sa langue, à ses habitudes.

Elle refuse sa nouvelle vie, tombe malade. Anémie. Hôpital. Son sang refuse de la nourrir. Alicia est incapable de réagir, reconnaissante, toutefois, d'avoir un lit et d'être au chaud. Le reste...

Brusquement, son état empire, elle est à un cheveu de la fin. Elle dérive dans un état de non-être. Son corps n'a plus de pesanteur, il flotte sans effort. Bientôt, elle le sait, il s'en ira tout seul de son côté. Quant à elle...

La voilà qui progresse le long d'une allée neigeuse. Elle plane au-dessus de son corps et se regarde marcher avec un sentiment de détachement inexprimable. Au bout de l'allée, un grand soleil givré enlumine un abîme. Des sentinelles attendent Alicia au passage, figées dans une attente glacée. Elle arrive à leur hauteur, les reconnaît. Ce sont des compatriotes malheureux, par centaines. Ils lui sourient, lui disent des choses avec des mots sans voix qu'elle ne parvient pas à comprendre. Ils se détournent, à la fin, et disparaissent. Comme Alicia, ils n'ont aucune pesanteur.

Un dernier groupe surgit, aux portes du fini. Elle s'élance vers eux, leur tend les bras. C'est son père, sa mère, son frère Anton et sa sœur Eva. Ils la regardent gravement en secouant la tête. Ils lui disent les mêmes choses que les autres murmuraient, tantôt, avec leurs lèvres muettes. Mais cette fois, elle comprend. D'abord *pianissimo*, puis sur le *mode crescendo*, *in accelerato*, ils répètent avec insistance:

— Tu dois vivre à notre place, tu dois vivre pour nous. Vivre, vivre, vivre.»

Puis ils sortent de son champ de vision. Peu à peu, elle les voit s'effacer comme des images gommées.

Son corps, au-dessous d'elle, accélère son mouvement. Il la précède. Va-t-il lui échapper? Alicia se sent forte, maintenant. De ses deux mains tendues, elle l'appelle. Son corps s'immobilise, elle le rejoint. Alicia se réveille.

À l'hôpital, ils l'ont soignée avec acharnement. Ils ont modifié l'alchimie de son sang, l'ont mise au monde une seconde fois. On la déclare hors de danger.

Alicia venait de renaître. Elle n'a jamais su, ensuite, si elle est une rescapée de la vie ou de la mort.

Trois ans plus tard elle part pour Rome avec la famille d'un diplomate étranger. Elle enseigne le latin et le solfège aux enfants, elle les accompagne dans leurs promenades.

Pour Alicia, Rome est toujours restée liée au sentiment de la vie. De l'amour de la vie. Rome est une ville accueillante pour les étrangers, elle s'était sentie acceptée d'emblée. La vie en ce temps-là était simple et décontractée. Alicia se souvient. Elle est comme fascinée. Dès qu'elle peut s'échapper, elle court vers les vieux quartiers aux alentours du Campo de' Fiori et de la place Farnèse. Elle se faufile dans les venelles étroites foisonnantes de vie, il lui semble entendre battre le cœur des gens, le cœur des choses.

C'est le Moyen-Âge, c'est la Renaissance. Un univers immédiat, viscéral. Les gens mettent le linge à sécher d'un bord à l'autre de la rue. Des rues, ces corridors odorants et sonores où la vie résonne d'une façade à l'autre? Où, d'une fenêtre à l'autre, on peut poursuivre tranquillement une conversation? Les vieux quartiers de Rome sont une unique maison à ciel ouvert. Alicia les hante des heures entières, les enfants de l'ambassadeur sur les talons. Les promenades inoubliables! Elle leur lit dans un guide l'histoire des *palazzi*. Les enfants n'écoutent que d'une oreille, captivés par les bruits de la vie qui vibre autour d'eux.

Un buste de femme se plante dans une vieille embrasure, se penche entre deux pots de géraniums. Brune, ébouriffée, elle crie quelque chose qu'ils enragent de ne pas comprendre. Une voix, quelque part, lui répond.

Sur un balcon étroit, une bonniche, le tablier de travers, bat un tapis en chantant à gorge déployée: *Vola, colomba bianca, vola.* En bas, le marchand de balais ambulant offre ses plumeaux aux ménagères dans une sorte de récitatif. L'affileur de couteaux lance de loin en loin le cri de son métier: *arrotino!* en prolongeant indéfiniment le o final.

On chantait beaucoup à l'époque. Cela émerveillait Alicia. En marchant le long des maisons, les refrains venaient à sa rencontre. C'étaient des chansons populaires, mélodieuses, rythmées. La radio en lançait régulièrement sur le marché et toute la ville s'en emparait. *Guaglione (Bambino)* faisait fureur. Les femmes du peuple chantaient avec des trémolos désuets et charmants. Les hommes avaient la voix bien timbrée, généreuse.

Alicia souffrait de ne pas comprendre l'italien, elle sentait qu'elle perdait quelque chose d'essentiel. Comme la musique, la langue italienne a ses rythmes, ses couleurs, ses mouvements. Des mots comme *piano*, *adagio*, *brio*, *scherzo*, font partie du langage courant. Pour les Italiens, la musique et le langage ne font qu'un. La langue semblait à Alicia une sorte de piano fantasque avec un *martelletto*, pour tous les tons et toutes les nuances. Un instrument surprenant, prodigue de tous les sons et de tous les accords — de toutes les résonnances, de toutes les vibrations. Bref, un orchestre au grand complet privilégiant les *a solo*.

Pour bien saisir ce que les gens se racontaient au marché ou à l'arrêt de l'autobus, Alicia s'était dépêchée d'étudier la langue. Les enfants de l'ambassadeur aussi. Le moyen, autrement, de se mêler aux jeux, sur la place? Alicia et les enfants moissonnaient, chacun de son côté. Ici, on apprend davantage en causant avec le concierge ou le marchand de fruits qu'en lisant de gros livres. Les gens, en parlant, ont des trouvailles étonnantes. Toujours le terme juste, la phrase imagée. Puis ils sont doués d'un tel pathos, ils font du théâtre sans le savoir.

○

— **A**h, si Lucette était là!

Lucette sa copine, son amie depuis la maternelle. Elle a épousé un Italien, elle vivait ici, jusqu'à hier.

Josyane observe son *gelato* avec tristesse. Il a beau être affriolant, elle se sent plus déprimée que jamais. Et surtout, plus seule.

Lucette! Cela fait des mois qu'elle lui envoie des signaux de détresse. Chaque lettre, un S.O.S. La vie à Rome n'est plus possible, elle est désespérée, rien ne va.

Et maintenant que Josyane est là pour la réconforter, elle n'y est plus.

Elle est partie avec son bébé pour Montréal sans rien dire à personne. Que faire pour l'aider?

L'histoire de sa copine la tourmente. Elle a vu le mari, ce matin. Il était désespéré. Un chic type, un garçon affectueux et tout. Et beau, en plus, avec de belles manières et de la finesse de cœur. Mais sans présent ni avenir. Sans position, dirait sa mère. Sans «ça», dirait son père.

La glace coule le long du cône et lui poisse la main. De grosses gouttes panachées s'aplatissent par terre. Lucette!

Enfants, elles étaient inséparables. Tricotées. «Lucette la follette, numéro trente-sept de la rue Marquette.»

Lucette n'a jamais habité sur la rue Marquette, elle habitait juste à côté de Josyane, sur la rue Cherrier. Mais Josyane chantonnait ce petit refrain débile en martelant chaque syllabe alors qu'elle sautait à la corde. Lucette lui répondait sur le même ton. «Josyane la banane, tu manges du nananne.»

Elles n'étaient pas brillantes à l'école.

Elles faisaient leurs devoirs ensemble, ou plutôt, elles ne les faisaient pas. On les confiait souvent à la même gardienne, elles papotaient, elles regardaient la télé. Puis elles se chamaillaient, se juraient une rancune éternelle quitte à se tomber dans les bras l'une de l'autre le soir même ou, au plus tard, le lendemain matin. Un jour, — elle avait tout juste dix-huit ans, Lucette lui avait annoncé son mariage:

— Un Italien, un beau grand brun, je pars le mois prochain.

— Tu pars?

— À Rome! Figure-toi que...

C'était juste à la veille des examens. Lucette était partie sans les donner. Josyane l'avait imitée. De toute façon, pour ce qu'elle avait étudié! Elle avait décroché en douce, sans rien dire à ses parents. Elle sortait de chez elle comme d'habitude, le matin, puis elle s'en allait tout droit vers la rue Saint-Denis et le Carré Saint-Louis. Quant à l'université, elle fréquentait surtout la cafétéria.

Josyane s'était mal remise de la perte de son amie. Lucette était sa famille.

— Je reviendrai, avait-elle dit.

Elle était revenue, en effet, six mois plus tard. Elle portait à bras-le-corps un superbe album relié en cuir fauve avec un fermoir doré. Les photos-souvenir de son mariage. Il avait dû coûter les yeux de la tête.

Lucette s'était mariée en robe à traîne et grand chapeau blanc. Dans une église ancienne, sur l'Aventin, où il fallait réserver des semaines à l'avance. Une Rolls blanche belle-époque avait voituré les mariés. Une réception princière avait suivi dans un vrai palais plein de dorures et d'escaliers de marbre, les photos en témoignaient. Des jardins plantés de buissons taillés et semés de pièces d'eau complétaient le tableau. Quant aux invités, il y en avait une centaine.

— Et maintenant? avait demandé Josyane, pleine d'expectative.

Lucette avait cessé de sourire. Quelque chose était passé dans ses yeux qui ressemblait à de la panique.

— Pour commencer, je suis enceinte. Mes beaux-parents ne sont pas tellement contents, Andrea non plus.

Josyane avait manifesté de la surprise.

— Je pensais que les Italiens aiment beaucoup les enfants.

— Pour les aimer, ils les aiment. Les parents d'Andrea aussi. Mais on n'a pas de place.

— Tu n'as pas de maison?

— J'habite chez mes beaux-parents. À Rome, il n'y a pas d'appartements à louer. Il faut acheter, mais c'est très cher. Plus cher qu'ici. Je pensais que j'aurais travaillé. Il n'y a pas d'emplois non plus. Je ne sais pas ce que je vais faire, Josyane, si tu savais!

Lucette s'était mise à pleurer, Josyane l'aurait imitée tant le désarroi de son amie la désemparait.

— Mais le grand mariage? Les cent invités?

— Ici, les mariages sont un événement. Et moins les gens sont riches, plus ils dépensent. Ils doivent sauver la face. Ma belle-famille vit modestement, mon beau-père est déjà à la retraite. Ils louent un vieil appartement dans un quartier central. N'étant pas propriétaire, ils seront bientôt évincés. Ils ne savent pas où aller, qu'est-ce qu'on va tous devenir?

— Alors?

— Je veux revenir à Montréal. Andrea ne demanderait pas mieux, il a un frère ici. C'est par lui que j'ai connu Andrea. Mais il ne peut pas laisser ses parents. Sa mère est malade et son père n'est pas

ment. Ici les cafetiers semblent faire exprès pour laisser leur téléphone en dérangement. Vraisemblablement, ils ne tiennent pas à voir bivouaquer devant leurs appareils téléphoniques des drogués ou des touristes pouilleux — sans parler des jeunes, italiens ou pas, qui viennent y attendre leurs appels personnels. Ou ils racontent qu'ils n'ont plus de jetons, ou ils disent que leur appareil ne fonctionne pas.

Josyane décide de changer de café et d'aller à la recherche d'un téléphone en bon état. Elle remonte la rue lentement, comme ça, elle donne à Mario plus de temps pour rentrer chez lui. Elle fait du lèche-vitrine sans enthousiasme. C'est drôle, quand la rue était animée, il n'y a pas encore une demi-heure, il y avait quelque chose d'irrésistible dans les étalages, dans les effluves capiteuses des cafés et même dans la cohue si dense, si serrée envahissant le trottoir.

Maintenant la rue est lugubre et un vent mouillé s'est levé, chargé de poussière et de pluie. On dirait qu'il va pleuvoir.

Un type qui lorgnait Josyane de loin s'est rapproché. Maintenant il la suit carrément, dans deux minutes il l'abordera:

— *La signorina è straniera?* La signorina a besoin de quelque chose? Les Italiens sont dragueurs et les étrangères les attirent. Quand Josyane s'attarde toute seule à la terrasse d'un café, il se trouve toujours quelqu'un pour la regarder avec insistance. Même en marchant tout bonnement sur la rue, des hommes lui font des compliments. Les garçons et les filles, ici, semblent faire de même. Ils se parlent avec leurs yeux. La chose ne doit pas manquer de charme. Quand ils se croisent sur le trottoir, ils échangent des regards complices, Josyane les a surpris plus d'une fois. Les garçons examinent les examinent les filles d'un air connaisseur en faisant peser leur regard. Les filles recueillent le message, mine de rien; elles y répondent d'un battement de cil à peine perceptible. Les choses en restent là et chacun continue son chemin. Avec les étrangères, il en va autrement. Il faut qu'ils insistent comme s'ils pensaient qu'elles n'attendaient que cela pour leur tomber dans les bras. Un harcèlement continu. Les ignorer est la seule façon de les tenir à distance. Sourde et aveugle à leur manège, Josyane ne les voit plus.

Son suiveur la serre de près, elle marche en regardant ailleurs. Le voilà qui arrive à sa hauteur.

— *Signorina, serve qualcosa?*

Ce n'est pas un jeunet. Trente, quarante ans? Josyane se détourne brusquement, vire à angle droit et traverse sur le trottoir d'en face. L'importun a compris et renonce à la suivre. Josyane remarque, en marchant, des seringues abandonnées le long du caniveau, entre les autos garées. De toute évidence on se pique, à la nuit tombée, derrière les glaces relevées des autos. Ici et là, dans l'herbe des plates-bandes, pointe la tête blafarde d'un contraceptif.

Josyane hâte le pas. Le temps, tantôt si radieux, semble se gâter. Elle vient d'apercevoir, sur un débit de tabac, le symbole conventionnel des téléphones publics. Miracle, l'appareil fonctionne. Josyane compose le numéro de Mario. Il ne répond pas.

Anxiété. Elle ira l'attendre chez lui, fera le siège de sa porte. Il faudra bien qu'il rentre tôt ou tard.

À l'improviste, et parce qu'elle est désemparée, elle ressent une nostalgie aiguë de la rue Saint-Denis, à Montréal, avec ses corniches multicolores et ses terrasses ouvertes ou vitrées. Son atmosphère bohème bon enfant lui manque. Elle a coutume d'y

ment. Ici les cafetiers semblent faire exprès pour laisser leur téléphone en dérangement. Vraisemblablement, ils ne tiennent pas à voir bivouaquer devant leurs appareils téléphoniques des drogués ou des touristes pouilleux — sans parler des jeunes, italiens ou pas, qui viennent y attendre leurs appels personnels. Ou ils racontent qu'ils n'ont plus de jetons, ou ils disent que leur appareil ne fonctionne pas.

Josyane décide de changer de café et d'aller à la recherche d'un téléphone en bon état. Elle remonte la rue lentement, comme ça, elle donne à Mario plus de temps pour rentrer chez lui. Elle fait du lèche-vitrine sans enthousiasme. C'est drôle, quand la rue était animée, il n'y a pas encore une demi-heure, il y avait quelque chose d'irrésistible dans les étalages, dans les effluves capiteuses des cafés et même dans la cohue si dense, si serrée envahissant le trottoir.

Maintenant la rue est lugubre et un vent mouillé s'est levé, chargé de poussière et de pluie. On dirait qu'il va pleuvoir.

Un type qui lorgnait Josyane de loin s'est rapproché. Maintenant il la suit carrément, dans deux minutes il l'abordera:

— *La signorina è straniera?* La signorina a besoin de quelque chose? Les Italiens sont dragueurs et les étrangères les attirent. Quand Josyane s'attarde toute seule à la terrasse d'un café, il se trouve toujours quelqu'un pour la regarder avec insistance. Même en marchant tout bonnement sur la rue, des hommes lui font des compliments. Les garçons et les filles, ici, semblent faire de même. Ils se parlent avec leurs yeux. La chose ne doit pas manquer de charme. Quand ils se croisent sur le trottoir, ils échangent des regards complices, Josyane les a surpris plus d'une fois. Les garçons examinent les examinent les filles d'un air connaisseur en faisant peser leur regard. Les filles recueillent le message, mine de rien; elles y répondent d'un battement de cil à peine perceptible. Les choses en restent là et chacun continue son chemin. Avec les étrangères, il en va autrement. Il faut qu'ils insistent comme s'ils pensaient qu'elles n'attendaient que cela pour leur tomber dans les bras. Un harcèlement continu. Les ignorer est la seule façon de les tenir à distance. Sourde et aveugle à leur manège, Josyane ne les voit plus.

Son suiveur la serre de près, elle marche en regardant ailleurs. Le voilà qui arrive à sa hauteur.

— *Signorina, serve qualcosa?*

Ce n'est pas un jeunet. Trente, quarante ans? Josyane se détourne brusquement, vire à angle droit et traverse sur le trottoir d'en face. L'importun a compris et renonce à la suivre. Josyane remarque, en marchant, des seringues abandonnées le long du caniveau, entre les autos garées. De toute évidence on se pique, à la nuit tombée, derrière les glaces relevées des autos. Ici et là, dans l'herbe des plates-bandes, pointe la tête blafarde d'un contraceptif.

Josyane hâte le pas. Le temps, tantôt si radieux, semble se gâter. Elle vient d'apercevoir, sur un débit de tabac, le symbole conventionnel des téléphones publics. Miracle, l'appareil fonctionne. Josyane compose le numéro de Mario. Il ne répond pas.

Anxiété. Elle ira l'attendre chez lui, fera le siège de sa porte. Il faudra bien qu'il rentre tôt ou tard.

À l'improviste, et parce qu'elle est désemparée, elle ressent une nostalgie aiguë de la rue Saint-Denis, à Montréal, avec ses corniches multicolores et ses terrasses ouvertes ou vitrées. Son atmosphère bohême bon enfant lui manque. Elle a coutume d'y

tellement bien non plus. Ils comptent sur lui pour
vivre, ils ne le laisseront jamais partir. Si j'avais su!

C'était donc ça, le mariage conte-de-fées de
Lucette? Et dire que Josyane l'avait enviée.
Maintenant Lucette s'est sauvée à Montréal avec son
petit garçon. Ça n'a pas de sens, il faut faire
quelque chose. Mais quoi? Peut-être que sa mère...
Demain, elle aura une idée.

La pensée de sa mère ramène Josyane à la réalité.
À sa réalité. Elle peut demander de l'aide à Évelyne
pour son amie Lucette, mais pas pour elle-même.
Faute de mieux, elle devra se rabattre sur Mario. Elle
ne connaît personne d'autre, ici. Et puis, Mario,
c'est un gars bien correct.

○

Ils se sont connus tous les deux à l'aéroport
d'Athènes. L'avion pour Rome avait du retard. Ils
avaient attendu ensemble, fait le voyage côte-à-côte,
bavardé. Il est gentil, Mario, intelligent. Puis il sait
l'italien, il pourrait l'aider à trouver un médecin. En
attendant, il lui traduira les instructions de la boîte
blanche et rouge. Ils se connaissent à peine? Tant
mieux. Il l'aidera à écrire le mot «fin» à sa mésaventure. Ensuite, ils ne se reverront plus.

Hier, au moment de se laisser, ils s'étaient donné
rendez-vous au récital de poésie. Mario n'est pas
venu. Elle l'a appelé à Latina, au Centre pour gens
déplacés. Il n'était pas là. Elle téléphonera maintenant à son pied-à-terre. Mais encore fallait-il arriver à
la pharmacie et se procurer le *Test di gravidanza*.
La petite boîte est toujours dans la vitrine et la

pharmacie est encore ouverte. Josyane s'y précipite. «Mon Dieu, faites que je ne sois pas enceinte.»

○

Josyane donnerait la palme au parfum de sabayon. Elle lèche sa glace de plus en plus lentement. Elle recule le moment où elle devra aller sonner à la porte de l'appartement 22 — de l'*interno* 22 comme on dit ici, pour voir si Mario est rentré. Elle tergiverse. Elle craint une fin de non recevoir. Il est beaucoup trop tôt. Ce sera sa troisième tentative. La deuxième fois, le concierge l'a suivie des yeux d'un air entendu en s'imaginant certainement des choses.

Mario, d'ailleurs, ne l'attend pas et ne l'a pas invitée chez lui. Il sera très surpris de la trouver là à son retour. S'il revient. Il ne comprendra pas ce qu'elle fait chez lui.

Elle devra lui expliquer qu'elle a des choses à lui dire qu'elle n'ose pas confier à sa mère. Elle a peur d'être enceinte. Il y a quinze jours, au camping, il lui est arrivé une chose aberrante. Mais elle n'a pas pu la lui raconter sur l'avion de la *Olympic Airways* où ils se sont connus.

La tirade que Josyane débite dans sa tête à l'intention de Mario est terriblement embrouillée. Aura-t-elle jamais le courage de la lui répéter de vive voix? Et puis, par quel bout commencer? Pour le moment, téléphoner pour savoir s'il est rentré serait la chose la plus simple à faire, mais le téléphone des deux *caffè-gelateria* de la rue sont inutilisables. L'un est *fuori servizio*, l'autre est *guasto*, ce qui revient à dire qu'ils sont tous les deux en dérange-

flâner à toutes les heures de la journée. Ce qu'elle donnerait pour être installée à un guéridon du café Saint-Sulpice avec ses copines et leurs *chums*! Ah! siroter une *Bud* bien mousseuse en leur compagnie! Elle les voit comme si elle était là avec leurs couettes, leurs houppes et leurs aigrettes, les fesses bien serrées dans leurs jupes ou leurs pantalons de cuir noir. Isabelle avec sa crinière hérisson vert pois, et Marie-Flore avec sa queue de cheval aubergine. À vrai dire, Josyane, depuis quelque temps, s'est un peu lassée de leurs poses et de leurs déguisements. Pourtant, en ce moment de désarroi, elle rêve de se trouver au milieu d'eux. Elle écouterait leurs bavardages en suivant du coin de l'œil le manège des *pushers* qui se relaient à côté du bac de fleurs en ciment, à l'entrée du café. Ils offrent du pot à tout venant:

— Hash, hash, coke.

Tout plutôt que de se retrouver seule avec son angoisse dans ce quartier romain aux immeubles de six, sept, huit étages dont la masse l'accable.

Son angoisse. La voilà qui fait surface de nouveau, plus pointue que tantôt. Elle en pleurerait. Josyane pleure à tout bout de champ depuis sa mésaventure en Grèce. Elle a le cœur au bord des lèvres et les larmes à fleur de paupières. Ses yeux se mouillent d'eux-mêmes. «Ça doit être la fatigue, l'énervement». L'incertitude aussi, celle d'être enceinte d'un inconnu empuanti d'alcool. Josyane frissonne. Elle a de nouveau la nausée. Son dernier *gelato* lui a barbouillé l'estomac. Le rendre, de grâce, et se vomir aussi par la même occasion. Pour exorciser le moment, elle fait un vœu.

— Si je ne suis pas enceinte et si je n'ai pas le sida, je reprendrai mes cours à l'université.

○

Un éclair zèbre le ciel, si calme quelques moments auparavant. Le vent humide s'accentue, de grosses gouttes commencent à tomber. Josyane n'aurait jamais cru que le temps puisse changer aussi vite. Elle croyait qu'à Rome, au printemps, il ne pleuvait jamais.

Ramassant ses forces et rabattant sa veste sur sa tête, elle se met a courir. Elle arrive, haletante, devant le numéro 78 de l'avenue Eritrea. Le haut portail est maintenant fermé. En Italie les concierges quittent leur loge à l'heure du souper. Josyane est comme un chat mouillé, elle grelotte.

Un locataire rentre chez lui, il a sa clé. Josyane se rue dans son sillage et se retrouve dans l'énorme cour intérieure à ciel ouvert. Y surgissent, l'air vaguement menaçants, trois corps distincts de bâtiments: *scala* A, *scala* B, *scala* C. Elle grimpe les six étages à pied, il faudrait deux pièces de dix lires, introuvables, pour prendre l'ascenseur. Finalement elle se laisse tomber, épuisée, sur le paillasson, devant la porte de Mario.

Sa mère! Comme elle la voudrait à ses côtés en ce moment. Sa mère, son père. Être chez elle.

— Allons donc, se dit-elle. Si j'avais des parents, une famille comme tout le monde, je penserais quand même à quitter la maison comme la plupart de mes amies. Je...

Le cœur de Josyane fait un bond, l'ascenseur s'est mis à grincer. Il grimpe poussivement sans s'arrêter ni au quatrième, ni au cinquième étage. Il atterrit, pile, au sixième. C'est le voisin d'en face. Il lui demande ce qu'elle fait là.

— *Attende qualcuno?* Vous attendez quelqu'un?
— J'attends Mario Baldelli.

○

Mario coupe le moteur, le voilà arrivé: *Fonte-vecchia, 1 chilometro.*

Où sont les maisons, les habitants? Le village se cache en contrebas, derrière un bosquet de chênes verts.

Le cimetière est seul en vue. Ses chapelles blanches, derrière le mur d'enceinte, ont capté la lumière évanouie. Elles ont un air évanescent.

Mario descend du *Land-Rover*. Surtout ne pas perdre le coup d'œil! Il délaisse sa caméra. Pour observer le paysage et l'imprimer en dedans de lui-même, il emprunte le filtre de son émotion. Salut, les morts.

À Fontevecchia, les morts sont omniprésents. De leur vivant, ils étaient dispersés sous tous les horizons, des exilés en quête de subsistance. Les voilà rentrés au bercail. Maintenant on leur rend visite, on leur parle. Sans doute se parlent-ils entre eux. Mario les connaît tous, il s'est arrêté devant chaque loculus. C'est un cimetière à colombier. Le jour, les femmes s'y succèdent avec de l'eau, des fleurs coupées, des prières. La nuit, il palpite sous les étoiles dans l'embrasement dansant de ses lampes votives.

— Ici, ta grand-tante, partie, jeune mariée, pour l'Afrique du Sud. À côté, son frère. Il a passé trente ans en Indochine. Là, à droite...

Sa grand-mère Giuseppina manque seule à l'appel. Nina a refusé de la rapatrier, elle l'a fait enterrer à Montréal, sur un versant du Mont-Royal. Nina n'oublie pas la disgrâce de sa mère, voilà pourquoi elle a refusé d'accompagner Mario.

On lui a présenté toute la parenté. Ses arrière-grands-parents, ses oncles, ses tantes et ses cousins, — les consanguins et les collatéraux. Sans oublier les compères et les commères de baptême ou de confirmation.

○

L'aventure de Mario à Fontevecchia a commencé la semaine précédente, à côté de la fontaine, juste à l'entrée du cimetière. Il arrive de Rome sans avertir. Le soleil, déjà haut, se fait sentir. Lui, à bord du *Land-Rover*, se sent assoiffé. Personne et rien en vue sinon un bouquet de sapins à l'orée du chemin.

Ses mains unies en forme de coupe, il s'apprête à boire à la fontaine. Au moment où il porte ses mains à ses lèvres, une femme sort du cimetière. Mario n'est pas prêt de l'oublier. Une femme sans âge qui se tient droite, un sarcloir dans une main, des fleurs fanées dans l'autre. Elle s'arrête, interdite; son visage exprime la surprise, un rien de réprobation.

— *Beve l'acqua dei morti?* Vous buvez l'eau des morts?

Elle s'appelle Angela, elle est apparentée de loin à la famille de Mario. Fontevecchia se compose de trois familles originelles, trois noms en tout et pour tout. Tout le monde est parent de tout le monde à un degré quelconque.

— Venez, dit Angela, vous boirez de l'eau à la maison.

○

M ario se désaltère chez elle, puis il accepte une assiette de *pasta e fagioli*, goûte à un vin qui a du mordant.

La nouvelle de sa venue se répand dans le hameau — cent cinquante personnes dont plus d'un tiers est toujours absent. Au moment du café, la cuisine d'Angela se remplit d'oncles et de cousins inconnus. On sert le *nocino*. Puis, en procession, ils se dirigent vers le *campo santo* où les disparus semblent attendre Mario. Des *Orfeo,* des *Giosuè,* des *Agapito,* des *Domenica,* des *Pasquina,* des *Marcisa.* Comme s'ils espéraient sa venue depuis longtemps, ils lui sourient gauchement sur leurs portraits en médaillons.

Le cimetière de Fontevecchia est un village dans l'autre, on a même l'impression que c'est le vrai village. Le hameau, à côté, a quelque chose de transitoire, c'est un lieu d'où l'on part. Au cimetière, les absents sont revenus de leurs pérégrinations, tout le monde peut retrouver tout le monde.

Mario Colarossi, le petit-fils de Giuseppina Scoccia, est rentré au bercail. Les morts peuvent être contents. Les vivants aussi: une longue querelle vient d'être enterrée.

○

À Rome, Tullio, le logeur de Mario, s'efforce de comprendre. Il est au téléphone, Mario est à l'autre bout du fil.

Tullio est décontenancé. Comment, Mario ne vient pas dîner? Mario est retenu dans son village de montagne? De quoi tomber des nues. Sa femme, justement, a préparé un minestrone en son honneur. Il a mijoté des heures. Et Monsieur Lello? Qu'est-ce qu'il dira à Lello? Ce dernier a déjà téléphoné. Il passera prendre Mario à neuf heures trente. Et ce n'est pas tout!

Cette fois, c'est au tour de Mario de ne pas comprendre.

— *Una ragazza canadese chiede di te.* «Une jeune fille canadienne te demande».

— Où?

— Ici, elle t'attend sur le palier. Elle est toute maigre et trempée. Elle grelotte, *poveretta.* (Tullio exagère, comme d'habitude.) Elle insiste pour te voir. Que dois-je faire?

Une compatriote jeune, maigre avec un air attendrissant? Mais c'est Josyane! Mario est ravi: il l'a retrouvée! Le relancer chez lui, faut-il qu'elle soit en peine! Elle se sera mise dans le pétrin. Une histoire de peau?

Poveretta. Le voilà qui imite Tullio! Que fait donc Josyane devant sa porte avec ses grands yeux humides et son air désemparé? La jeune fille l'intéresse de plus en plus. Et il s'inquiète.

Il explique à son logeur qu'il ne peut pas rentrer à Rome, qu'il est invité à Fontevecchia chez le cousin de sa mère.

— Un cousin de ta mère? Et puis après?

— Ma mère et lui ne se sont jamais connus. Une brouille de famille qui a duré quarante ans. Les gens d'ici pardonnent, ils n'oublient pas.

Tout en parlant, le regard de Mario s'attarde sur un bouquet de fleurs étoilées, bleues. Il en a vu de semblables partout dans les champs, cet après-midi. C'est le chardon des Abruzzes. Le bouquet monte la garde au-dessus de la porte, devant une effigie: San Leucio, le saint de son enfance, Mario l'a reconnu. Sa grand-mère avait un culte pour lui. Qui connaissait San Leucio, à Montréal? Mario ne savait même pas comment traduire son nom. Enfant, il gardait ses saints pour lui. Ses héros aussi.

Un jour, à l'école, on leur avait raconté Dollard des Ormeaux. À la récréation, les garçons s'étaient mis à jouer aux colons assaillis par les Indiens. Ils s'étaient tous bien amusés. Le lendemain, Mario leur avait proposé de jouer à Garibaldi. Mais personne ne connaissait Giuseppe Garibaldi, le héros des deux Mondes, le père de l'unité italienne.

Mario promène ses yeux autour de lui. Il est assis sur un vieux bahut, à côté du téléphone. Par terre, les tommettes du carrelage sont un peu disjointes. Ce sont de vieilles tommettes de grès rouge usées par des générations d'allées et venues. Ses souliers en toile claire, par contraste, ont un air insolite.

Mario lui-même se trouve insolite dans cette maison qui, pourtant, est un peu la sienne. La maison où sa mère, Nina, est née; celle où Giuseppina, sa grand-mère, a reçu Vincenzo en mari, en amant. Pendant quarante ans, elle a été implicitement fermée à Giuseppina et à sa descendance. Il aura fallu que Mario arrive ici, sans s'annoncer, pour qu'on passe l'éponge.

— Alors? s'impatiente Tullio à l'autre bout du fil. Que dois-je dire à cette jeune fille qui t'attend sur le palier?

○

Colette a relu son texte. Il est comme elle craignait, trop enthousiaste. Ses impressions sont comme un cri du cœur. Le cœur, aujourd'hui, ne se porte pas. Tant pis. Elle gardera son papier pour elle, il aura servi à quelque chose. Maintenant, elle le sait, elle aime Rome autant qu'avant. Peut-être davantage.

○

Ce matin, Colette s'est levée en même temps que le soleil. Cela ne lui arrive pas souvent. De toute façon, elle n'avait plus sommeil. Elle s'est surprise à évoquer des souvenirs, La rencontre avec Évelyne a suscité bien des réminiscences.

Colette et Évelyne ont vécu ensemble leur adolescence. Elles lisaient beaucoup, elles échangeaient leurs impressions. Puis leur amitié s'est relâchée. D'un accord tacite, elles ont cessé de se voir. Le père d'Évelyne faisait un brin de cour à Colette.

Avocat avec bureau à Montréal et à Québec, il partage son temps entre les deux villes. Il n'est pas souvent à la maison. Un samedi de janvier, les deux amies avaient passé l'après-midi à étudier ensemble. Il neigeait depuis des heures. Les rues étaient impraticables, les autobus avaient du mal à assurer le service. À l'improviste, le père d'Évelyne fait son entrée dans le salon, superbe dans son manteau de chat sauvage. Évelyne se jette dans ses bras, l'embrasse. Son père regarde Colette par-dessus son épaule. Il l'embrasse à son tour sur les deux joues quand elle vient lui donner la main, timide et rougissante. Évelyne a l'air contrarié. Son père badine en accordant une attention manifeste à Colette. Évelyne a le visage pincé, elle n'a pas vu son père depuis trois jours.

Le père offre de raccompagner Colette chez elle. Il insiste.

Tout le long du trajet elle est mal à l'aise. Elle revoit les yeux déçus d'Évelyne. Elle est troublée aussi. Le père de son amie lui fait des compliments, il la frôle. Il glisse sa main sur ses genoux. Elle s'est recroquevillée vers le fond de la banquette, près de la portière. Par la suite, elle trouvera toujours quelque prétexte pour ne plus retourner chez Évelyne. La fin de leurs études met un terme à leur amitié. Le père d'Évelyne a été la cause de cette brisure entre les deux amies. La cause aussi de l'attitude faussée d'Évelyne envers les hommes.

○

Évelyne, l'amie perdue et retrouvée. Hier, le hasard qui fait si bien les choses les a tous réunis: elle, Évelyne, Jean-Luc, la poétesse. Sa jeunesse ressuscitée. Ses aspirations aussi.

À seize ans, Colette écrivait. Puis elle avait cessé. La poétesse, au contraire, avait persévéré. Hier, au Centre culturel, Colette a été comme réveillée, rebranchée par sa voix. L'auteure disait ses vers dans un silence aigu. Elle évoquait des chevaux de cristal, une lagune embrumée sous un ciel aquatique. Assonances lumineuses, images transparentes comme du verre filé. À l'évidence, Venise l'avait inspirée.

L'attention de l'auditoire était tangible, comme palpable. Tous étaient suspendus à ses lèvres. Tous, à l'exception d'Évelyne. Agitée, elle s'était retournée sur sa chaise à plusieurs reprises. Des yeux, elle cherchait quelqu'un. Jean-Luc Francœur! Comme au temps de sa jeunesse. Le passé peut donc se réveiller, se répéter?

Évelyne, au demeurant, n'a pas tellement changé. Intelligente, élégante, sa beauté a toujours quelque chose de sibyllin. Adolescente, elle était cachottière, elle faisait des mystères. On chuchotait dans son dos, on disait qu'elle courait après le Père Francœur.

Hier, à la fin du récital, quelque chose avait cloché quand ils s'étaient salué tous les deux sous les lambris élégants du palais Cardelli. Jean-Luc l'avait ignorée, même si elle le dévorait des yeux.

Colette venait de présenter Alicia à Évelyne.

— Alicia, voici Évelyne, avait-elle dit. Nous allions à l'école ensemble. Professeur Francœur...

L'air d'un glaçon, Jean-Luc s'était incliné devant Évelyne et lui avait serré la main, emprunté comme s'il ne l'avait pas reconnue. Puis quelqu'un s'était interposé.

— *Professore!*

— *Carissimo!*

Exubérant, ruisselant d'amabilité et de civilités, le nouveau venu avait décliné ses titres et qualités. Puis, il avait enlevé Jean-Luc qui l'avait suivi sans même se retourner. L'air dépité d'Évelyne, son sourire incrédule!

Pour Colette, Jean-Luc est impénétrable. Évelyne aussi, d'ailleurs. Comme à l'époque. Ils étaient imprévisibles et abstraits tous les deux, un peu... Un peu gothiques!

Que penseraient-ils de son papier, de son engouement? Colette s'interroge. Rome est le contraire du gothique. C'est une ville toute en rondeurs. «À Rome tout est rond, à commencer par son nom.»

C'est le début du papier de Colette qui le connaît par cœur. Elle le laisse affleurer.

«Essayez de dire j'aime Rome en italien. Cela donne amo Roma. C'est sonore, tout en o et en a. Le nom Roma contient l'essence de la latinité. Observez un texte italien imprimé. Les caractères sont arrondis, déroulés, la page a un air ouvert, hospitalier. Les consonnes accouplées sont rares — le contraire du français. Peu de l élancés mais des b, des c, des d riches en courbes et en panses, et toute une moisson de voyelles. On est loin de la graphie anglo-saxonne hérissée de th comme autant de clochers et d'aiguilles de pierre.

«Amo Roma. Ici tout est lové, détendu, à commencer par le paysage et par l'architecture. Rome est la ville des collines, des pins parasols, des palmiers recourbés. C'est la ville des coupoles, des mamelons, des marbres assouplis comme une chair frémissante.

«Le cercle est le symbole parfait comme la lune et le soleil, comme la bouche et l'œil. À Rome, le cercle est l'élément qui domine.

«Dans la ligne arrondie des arcs de triomphe, dans la voûte des thermes, le pourtour elliptique des arènes.

«Le Colisée, bel anneau magistral. Le temple de Vesta, Saint-Étienne-le-Rond, la Bouche de la Vérité et, en version moderne dans la lignée maîtresse, le beau palais du Sport dessiné par Nervi.

«Dans la forme des places — place de la Rotonde, place du Peuple, place Saint-Pierre, de dessin annulaire avec sa colonnade du Bernin, quatre fois circulaire. Dans le dôme du Panthéon et le front couronné du tout-puissant château Saint-Ange.

«Dans la courbe de ses jets d'eau et l'arche de ses ponts. Reflétée par l'eau, par elle dédoublée, l'arche crée à son tour une ellipse parfaite.

«Et le Tibre coule au milieu, tout en boucles et en loupes. ROMA à l'endroit, AMOR à l'envers. Prédestination?

Ici tout est rond et il fait bon y vivre.»

Pour Colette? Mais les autres?

Elle a peur, soudain. Peur de confronter son texte avec Évelyne, avec le froid Jean-Luc. Avec le reste du monde. Elle ne l'avait jamais réalisé: c'est hasardeux écrire, c'est indiscret. C'est se déshabiller devant les autres.

Mais les autres, c'est pour eux qu'on écrit.

4

Évelyne sursaute dans son lit.

Des touristes allemands sont entrés bruyamment dans la chambre voisine. Éclats de voix, remue-ménage. La cloison tremble.

Ils sont deux, peut-être trois. Ils ont fait le Transtévère et les cafés de la via Veneto. Ils sont venus finir la soirée à l'hôtel autour d'un fiasco de vin rouge.

Un fiasco, deux fiascos.

Comme beaucoup d'étrangers à Rome, ils se défoulent. Une fois éméchés, ils ne se font plus de souci pour le tapage qu'ils mènent.

Évelyne se lève et tape dans le mur. Aussi bien taper sur une montagne. Elle frappe encore, sa main lui fait mal. Elle frapperait moins fort si elle n'en voulait autant à Manlio, à elle-même. À Josyane aussi dont la présence l'a tellement contrariée, cet après-midi. Elle est censée être en vacances en Grèce. Que fait-elle en Italie?

Dans la chambre voisine, la situation ne s'améliore pas. Évelyne enfonce deux boules de cire dans ses oreilles et se remet au lit. Elle n'est pas venue à Rome pour faire des scènes et se fâcher. Elle est venue pour voir Manlio et pour se faire plaisir! Manlio!

Avec lui c'est fini. Elle a recommandé au concierge de ne lui passer aucun appel téléphonique de sa part. Elle ne veut plus le revoir.

Mais la voilà déconcertée. Manlio ne se laisse pas escamoter. Quand elle s'est allongée déçue, frustrée, ulcérée, Manlio est entré dans son lit avec elle. Plus elle le chasse et plus il s'insinue. Sa tête aux traits heurtés roule doucement à côté de la sienne. Il sourit. Son visage narquois se fait tendre.

Son corps pèse de tout son poids, il se coule vers elle. Elle se roule vers lui.

Elle veut Manlio, elle est venue à Rome exprès pour le voir. Pour l'avoir. Elle a mal. Elle flambe. Ses bras s'arrondissent d'eux-mêmes, ses reins se cambrent, la pointe de ses seins se dresse. Manlio!

Les rustauds, derrière la cloison, ponctuent son agonie de rires étouffés. Les faire taire tout de suite. Les tuer s'il le faut. Elle saute hors du lit. Le téléphone sonne. Évelyne fige. Sa tête est glacée mais son cœur a bondi. Manlio! Le concierge n'a pas suivi ses instructions. Il a bien fait. Manlio, d'ailleurs, est irrésistible.

— Allô?

C'est Marcel, son ex-mari. Elle en grince des dents.

— Je te dérange?

— Non, raille-t-elle, j'attendais ton appel.

— Ta voix est tendue.

— Je dormais.

— Vraiment? Je t'ai appelée il y a une demi-heure, tu n'étais pas rentrée. Je cherche à te joindre depuis le début de la soirée. Il est tard, je m'inquiétais. Où étais-tu?

Le voilà bien, l'inquisiteur. Marcel sera toujours Marcel. Même à Paris avec sa nouvelle femme.

Il vient de se remarier, c'est pour ça qu'il l'appelle. Il aurait pu la prévenir plus tôt!

— Qui est-ce? demande Évelyne.

— C'est Martine.

Elle la connaît, elle enseigne elle aussi. C'est une bonne fille. Bien meilleure qu'elle. Évelyne leur souhaite tout le bonheur du monde. Elle a hâte de raccrocher.

— Dis-moi, Évelyne, tu es au courant pour Josyane?

— Au courant de quoi?

— Elle a décroché sans nous le dire. Elle ne fréquente plus ses cours depuis des mois. Tu t'en es sûrement aperçue?

— Bien sûr ment Évelyne, avalant de travers.

— Tu aurais pu m'avertir! Je l'ai appris fortuitement. Je tombais des nues.

— Josyane est à Rome.

— Persuade-la de préparer ses examens. Elle ne veut quand même pas rester ignorante toute sa vie? Parle-lui.

Évelyne repose le combiné. Marcel est à peine remarié que, déjà, il recommence son harcèlement.

Ainsi donc, il l'a remplacée. La nouvelle ne la surprend pas, c'était dans l'air. Mais l'appeler en pleine nuit! Quant à Josyane, elle n'en fait jamais d'autres. Décrocher. Vraiment!

Elle se recouche, éteint la lumière. Marcel remarié? Elle devrait être contente, soulagée. Non. Elle est contrariée. C'est elle, pourtant, qui a laissé Marcel, et elle ne le regrette pas.

Quitter Marcel a été exténuant. Mais elle n'avait pas le choix. Il lui rendait la vie impossible. Son amour sourcilleux, jaloux, était devenu un vrai fléau. Il voulait ressusciter à tout prix la jeune femme fragile, insécure qu'elle avait cessé d'être. Il sapait ses aspirations, contrecarrait ses projets, brimait sa personnalité. Sa tendresse attentive du début de leur mariage s'était muée, avec le temps, en une intuition hargneuse de ses désirs, de ses projets, voire de ses états d'âme.

Ils avaient divorcé. Même séparés, il avait continué à s'immiscer dans sa vie, à se faufiler entre elle et les autres, à tenter de la dominer même de loin. Venimeux. Marcel, à la fin, était devenu venimeux.

Il s'est remarié? Quel débarras!

Finis les téléphones sournois, les rencontres forcées. Les visites prétextes qui ressemblent à des raids. Elle est libre, finalement. Mais déprimée.

Elle se retourne dans son lit. Le sommeil ne vient pas. Trop de contrariétés, de mal à l'âme. Pourquoi a-t-elle quitté Manlio, tout à l'heure, et lui, aussi, pourquoi a-t-il... Épuisée, elle s'endort.

Dans son sommeil, Évelyne se hisse à bord de l'autobus 64, le fameux 64 qui traverse le centre de Rome comme une gageure, de la gare Termini à la basilique Saint-Pierre. La terreur des touristes. Toujours bondé, il cahote ses usagers sur le pavé romain. Quand il s'arrête au milieu des aléas du trafic, les passagers se retiennent comme ils peuvent pour ne pas tomber.

Évelyne aperçoit Manlio. Il est de dos au milieu de la masse des passagers. Elle avance péniblement vers lui, se propulse à sa hauteur. Elle l'appelle. Il se retourne. Ce n'est pas Manlio, le Florentin de son cœur, c'est Marcel. Marcel qui la regarde d'un air adorateur.

La surprise réveille Évelyne. Elle avait oublié le regard de Marcel quand ils étaient jeunes. Marcel alors l'aimait à la folie. Comme elle, Évelyne, avait aimé le Père Francœur. Un amour buté, absolu, qui fait peur. Comme l'amour de Guia pour Manlio.

Et celui de Manlio pour Guia?

Évelyne se sent abandonnée. La fatigue embrouille ses idées, sa tête se remplit d'équations négatives:

Évelyne et Marcel = zéro. Évelyne et Jean-Luc Francœur = zéro. Évelyne et Manlio...

L'équation reste en suspens, le sommeil a pitié d'elle et l'emporte. Elle rêve de nouveau. Elle est cette fois à Montréal, rue Saint-Hubert, dans la cohue d'un autobus. Loin d'elle, elle vient d'apercevoir Marcel. Elle veut le rejoindre, elle l'appelle. Il ne l'entend pas. Elle continue à se frayer un chemin vers lui. L'autobus est bondé, c'est la même chose tous les jours pour se rendre à ses cours. Ça pousse, ça ballotte, ça sent la laine mouillée et les galoches trempées. Les portières ferment mal. D'une main vaillante, elle brandit son cartable au-dessus de sa tête pour qu'il occupe moins de place.

Après beaucoup d'efforts, elle le rejoint. Il tourne la tête. Ce n'est pas Marcel, c'est Jean-Luc comme il était il y a trente ans. Des cheveux noirs très fins faisant contraste avec sa peau blanche, un front haut, comme animé d'une vie propre, un front qui fixe l'attention. Quand Jean-Luc parle, on le regarde. On le regarde même quand il se tait. Jean-Luc est un homme que l'on voit penser. Évelyne l'appelle:

— Père Francœur!

Aucune réponse. Il ne la regarde pas. Pire, il ne la voit pas.

Évelyne sort de son rêve, angoissée. C'est vrai, Jean-Luc ne l'a jamais vue ni regardée. Ce comportement l'a toujours bouleversée. Se peut-il, à l'époque, qu'il ne l'ait jamais remarquée? Le doute dévaste son âme. Il lui en est resté comme une blessure au cœur.

Son cœur! Il fait eau de toutes parts. Elle aussi.
Elle est comme une chaloupe sur le point de som-
brer. Elle sort un tube de somnifères. Pour une fois!
Il lui faut un sommeil sans rêve.

Elle veut oublier Marcel, Jean-Luc, Manlio, le trio
qui égale zéro.

○

— **C**onnais-toi.

Jean-Luc se hérisse. C'est ce qu'il conseillait à
ses élèves il y a trente ans!

Mais Alicia a une façon si particulière de dire les
choses. À l'entendre, le seul voyage qui compte
vraiment est celui que l'on accomplit à l'intérieur de
soi-même.

Elle dit cela en souriant des yeux et de la
bouche. Elle a quelque chose à partager avec lui.
Veut-il à son tour partager quelque chose avec elle?

— Qui ne donne pas ne reçoit pas. Qui ne demande rien n'aura pas de réponse.

Alicia l'irrite quand elle lui parle en paraboles.
Mais il la trouve irrésistible. En apparence, elle lui dit
des choses évidentes, escomptées. En réalité, elle lui
propose une éthique que Jean-Luc juge déran-
geante, habitué qu'il est à se donner des consignes
intérieures et à les suivre sans en dévier. Il ne voit
pas de quel droit il pourrait imposer sa ligne de pensée à Alicia. Ni de quel droit Alicia pourrait lui dicter
la sienne.

Elle lui parle comme si elle s'apprêtait à partir,
avec lui, pour un monde différent. Cela trouble Jean-
Luc, le ramène absurdement à son essai sur Dante

qui, avec d'autres mots, dit plus ou moins la même chose. Lui aussi parle d'un paradis intérieur, d'une quête de l'absolu. Mais que vient faire ici *La Divine Comédie?*

Jean-Luc se rebiffe. Il s'agit bien du Paradis! Il idéalise Alicia, il la place trop haut, elle l'agace.

Au début, il croyait rêver. Alicia l'incite à trouver sa place dans la conscience du monde, elle lui décrit l'ingénierie de la force spirituelle. À l'entendre, c'est la voie raisonnable.

— La construction d'un monde au visage plus humain passe à travers la transformation personnelle de l'individu.

Dante, encore! Parfois, Jean-Luc est tenté. Emprunter avec Alicia ce chemin nouveau, pourtant vieux comme le monde, partir avec elle dans cette exploration. Abaisser sa garde, suivre son inclination. Pour une fois, dans sa vie, laisser parler son cœur.

Non, le cœur n'y est pour rien. Jean-Luc le sait et il a peur. Il se retient. Comme toujours, il est indécis.

Alicia, au contraire, semble sûre d'elle-même, certaine qu'elle et lui, ensemble, sauraient réaliser leur projet. Elle lui communique sa pensée et son assurance. *Vas spirituale, Rosa mystica, Turris davidica.* Mais dès qu'il se retrouve seul, le doute s'insinue en lui.

Après tant d'années vécues replié sur lui-même, veut-il vraiment lui ouvrir son ego? Mais Alicia n'y est-elle pas déjà entrée par la seule force de sa persuasion?

Quand Jean-Luc pense à elle, il est pris de vertige. Il l'aime, mais cette évidence ne le rassure pas. Depuis qu'il la connaît, il ne parvient plus à se reprendre en main. Elle l'a arraché à lui-même, il n'est plus au centre de sa propre vie. Alicia lui propose de vivre ensemble en suivant leur inclination, en allant jusqu'au bout d'eux-mêmes.

— Tu t'étonneras toi-même, badine-t-elle, tu ne sais pas ce dont tu es capable.

Le projet terrorise Jean-Luc. Épouser Alicia, lier le reste de sa vie à cette femme qui ne ressemble à personne, ne serait-ce pas, malgré tout, renoncer de nouveau à lui-même?

— S'embarquer dans la vie à deux, voilà le plus sûr moyen de la perdre, se ment-il.

C'est son argument-clé, il s'y amarre solidement. Mais comment dire non à Alicia? La bataille sera rude. Il sait qu'elle a raison. Mais, Jean-Luc s'arrête dans sa foulée. Les passants, autour de lui, doivent manœuvrer pour ne pas le heurter. Jean-Luc les observe sans les voir. Il se concentre, il est tout à son problème.

C'est vrai, il adore les visites d'Alicia à son appartement, leurs recherches en commun, leur relative intimité. Mais Alicia prenant possession de son intérieur? Prenant peu à peu possession de lui-même?

Jean-Luc se raidit.

En pensée, il lui cède volontiers la moitié de son bureau, la salle de séjour et une portion délimitée de la cuisine: un coin de table où elle a déjà pressé des oranges, un rond de la cuisinière où il lui est arrivé de mettre chauffer l'eau pour le thé.

Mais le frigo où il oublie toujours quelque laitue jaunie, une portion racornie de fromage, un yaourt décacheté?

Il voit très bien Alicia allongée sur le divan dans la pièce de séjour et lui à ses côtés, perdus tous les deux dans une symphonie de Mahler. Mais dans sa chambre? Son lit étroit de vieux garçon spartiate avec sa couverture électrique pour toute garniture en hiver et son matelas soutenu par des planches raides en toutes saisons? Et la salle de bains?

À l'idée de la partager avec Alicia, il court-circuite. Comme s'il fermait une porte mentalement.

La salle de bains avec ses cactus en pots, son étagère de livres et son portrait de Schopenhauer au-dessus de la porte, est son domaine inviolé. *No woman's land.* Comment imaginer, même pour un instant, Alicia déplaçant ses plantes grasses, se piquant sur un opuntia et installant ses petits pots de crème et son vernis à ongle à côté de sa mousse pour la barbe et de son rasoir électrique?

Comment, surtout, imaginer Alicia se promenant en petite tenue dans son appartement? Alicia lavant ses corsages et ses dessous féminins, Alicia se *shampooinant* sous la douche, faisant vibrer son sèche-cheveux?

Alicia remplissant la cuisine de provisions. Introduisant des usages insolites. Bousculant ses habitudes, chambardant ses fantasmes. Délogeant ses fantômes?

— Non! Alicia son amie, son âme, sa sœur, oui. Mais Alicia sa femme?

— Jamais!

Le mot, trop brutal, lui reste dans la gorge. Il reste en suspens entre son cerveau et ses lèvres. Jean-Luc fait semblant de ne pas l'avoir proféré en dedans de lui-même.

Il est toujours immobile au milieu du trottoir partageant les passants en deux flots divergents. Une femme qui pousse un landau l'écarte fermement d'une pression de la main. Il cède le pas, murmure des excuses inaudibles, reprend sa marche. Il est tard, il devrait accélérer le pas. Il le traîne au contraire. Les premières bouffées humides soufflent déjà, la bourrasque est imminente. Il ressent ce printemps insolite jusque dans ses fibres.

Il a laissé loin derrière lui la *via della Scrofa,* le *corso Rinascimento.* Il a côtoyé sans les voir les façades qui se mirent dans le Tibre. Il a traversé son pont préféré, gardé d'anges conquérants. Mais aujourd'hui, il n'a rien vu.

Il longe en ce moment le Palais de Justice, il le dépassera bientôt, s'écartera ensuite de l'enceinte du Vatican sans en suivre les murs. Il approchera finalement du *Borgo* où habite son ami le professeur B.

Le *Borgo!* Un ancien bourg médiéval où s'entassaient autrefois Romains, pèlerins, étrangers. On en a détruit une bonne partie pour tracer la rue de la Conciliation, mais ce qui en reste est suggestif et pulsant de vie.

Le professeur B. y a vécu son enfance. Plus tard, il y réunissait ses élèves et ses amis, les amateurs de Dante. Quand ils étaient trop nombreux et que le ton montait, tout le monde descendait à l'*Osteria del Gatto,* au coin de la rue. L'*osteria* n'existe plus, une *jeanserie* à la mode l'a remplacée. Tantôt, quand Jean-Luc passera devant la devanture, il ressentira quelque chose au creux de l'estomac. L'estomac a bonne mémoire quand les affres de la faim l'ont déjà tiraillé.

Jeune, à Rome, Jean-Luc mangeait peu ou rien. Il achetait un gros pain, le matin, le débitait en petites bouchées au cours de la journée en l'arrosant à l'eau des fontaines. Un jour, en se rendant à la bibliothèque Vaticane, il s'était affaissé en pleine chaussée. On l'avait secouru, on l'avait fait entrer dans l'*Osteria del Gatto,* on lui avait fait boire un peu de vin pour le ranimer.

Une vieille femme, dans un coin, épluchait des artichauts. Elle passait la lame d'un couteau autour des épaisses bractées dans le geste de les affiler. L'artichaut découvrait alors une tête blanche rosée. La vieille la frottait avec un demi-citron et la jetait dans un baquet d'eau où flottaient des zestes jaunes. Par terre, les épluchures rugueuses s'empilaient sur le carrelage.

Cette image de la vieille épluchant des artichauts avait frappé Jean-Luc au moment où il reprenait ses sens. Il ne l'avait jamais oubliée. Il n'avait jamais rien oublié, d'ailleurs, de l'*Osteria.* Comment pourrait-il? Pendant dix-huit mois, elle était devenue sa famille et sa maison. Elle avait adopté Jean-Luc.

Le patron s'appelait Otello. Quand il avait découvert que Jean-Luc était un *professore,* il l'avait prié, comme une faveur, de donner des répétitions de latin à l'aîné de ses fils. Amilcare avait douze ans. Vif comme une mouche, il était plus prompt à dresser une addition qu'à traduire un passage de César. Il faisait ses devoirs, l'après-midi, sur une table au fond de la salle. Jean-Luc venait le rejoindre trois fois la semaine. D'autres enfants du *Borgo* se joignaient à eux, ce professeur tombé du ciel était une manne. Tout le monde y trouvait son compte. Jean-Luc enseignait le latin aux gamins. Ces derniers, en retour, lui apprenaient le *romanesco,* l'idiome savoureux des gens du peuple.

Au bout d'un mois, Jean-Luc connaissait tout le monde. La femme du patron, Cesarina, faisait office de cuisinière. L'après-midi, elle quittait sa cuisine et venait s'asseoir lourdement à l'une des tables. Elle sortait ses tarots et faisait les cartes.

La vieille mère, celle qui épluchait les artichauts ou écossait les haricots, selon la saison, interprétait les rêves. Ses connaissances oniriques la mettaient en mesure de fournir à ses pratiques les numéros gagnants du *Totocalcio*.

Quarantasei, il morto che parla. Quarante-six, le mort qui parle.

Settantasette, le gambe delle donne. Soixante-dix-sept, les jambes des femmes.

La grimace des chiffres! Ce que l'on voit en rêve peut se traduire en nombres. À chaque vision correspond un numéro, et chaque numéro a une clé. Les chiffres portent un message qu'il faut savoir décrypter. Jean-Luc écarquillait les yeux, ça le changeait de Plaute et de Martial.

Le *Totocalcio* allait bon train. Ces paris nationaux liés aux résultats du foot passionnaient les clients. Le samedi soir, tout le monde remplissait sa fiche, les paris flambaient. En général, du mardi au dimanche, les habitués commençaient à arriver aux alentours de vingt heures. On rouspétait contre la mauvaise administration communale en attendant le premier plat. La vieille — *la Sora Aurelia* — y allait de ses prévisions atmosphériques à grand renfort de dictons. Elle invoquait Santa Bibiana et *la Candelora* et décrétait que, de la pluie et du froid, on était *dentro o fuori,* dedans ou dehors.

La leçon de latin finissait. On réclamait Amilcare qui aidait au service, on retenait Jean-Luc à souper. Il s'épanouissait à cette chaleur humaine, il se détendait. Il se sentait aimé, accepté. Il était le *professore.* Il était aussi *il Canadese,* le Canadien. Tout le monde avait un oncle, un frère, un cousin au Canada. On s'en informait naïvement à Jean-Luc, on lui demandait si, par hasard, il n'aurait pas déjà rencontré une certain Tonino, ou Angelo, ou Salvatore résidant à Montréal depuis 1949, bon chrétien, bon père, bon citoyen travaillant dur pour «se faire honneur», *per farsi onore.* Les *camerieri* lui demandaient son avis sur la coqueluche de leur *bambino,* ils s'ouvraient à lui de leurs difficultés conjugales ou existentielles. Ils avaient confiance en Jean-Luc. Le *professore* était instruit, il était disponible, il savait tout. Ces petites gens vouaient un culte à l'instruction. Ils avaient fréquenté l'école peu ou prou, mais leur bagage humain, la vieille culture qu'ils véhiculaient à leur insu, laissaient Jean-Luc rêveur.

Un soir, Otello vint l'avertir, rayonnant, qu'un autre *professore* venait d'arriver avec des amis. On l'avait présenté à B., qui l'avait adopté. Ce dernier l'avait initié à *la Divine Comédie* et à Dante Alighieri. Jean-Luc avait rencontré la Poésie.

B. disait, de mémoire, des vers du *Purgatoire.* Il les commentait. Sa voix magnétique s'élevait, d'abord en sourdine, puis s'amplifiait tout à coup comme allumée, réchauffée à sa propre chaleur, à sa propre lumière. On eût dit qu'il tonnait, qu'il était possédé par Dante. Il l'est toujours.

Bientôt Jean-Luc sonnera à sa porte, ils se salueront tous les deux dans une brève accolade. Valeria sera là avec son sourire. Ils échangeront des propos affectueux, il restera seul, ensuite, avec lui.

Jean-Luc ralentit son allure. L'idée qu'il va bientôt rencontrer son vieil ami le rend mal à l'aise, comme s'il avait abusé de sa confiance, comme s'il s'était éloigné de lui avec ses pensées mesquines, ses faux tourments.

Oui, il s'est éloigné de B., de Dante aussi. Son Essai? Dérisoire. Il a l'impression d'être passé à côté de tout: *la Divine Comédie,* la vie, lui-même.

Jean-Luc se sent inquiet, tourmenté. Il a cinquante-six ans et il n'est sûr de rien.

○

L'intervalle terminé, les musiciens reparaissent dans leur halo doré. Ils attaquent.

Autour d'Alicia, des retardataires regagnent leurs places. Bruits étouffés et chuchotements fanent le silence. L'exposition du thème est gâchée.

Au théâtre et au concert, les Romains sont parfois d'un sans-gêne sidérant. Alicia est contrariée. Mais elle hausse les épaules. Dénués de complexes, ils conjuguent l'hédonisme avec le sens pratique. Leur en vouloir? Elle est plutôt tentée de les envier. On ne leur a inculqué aucun sentiment de culpabilité.

Jean-Luc est le contraire du Romain pour qui seul le présent compte. Il craint toujours de déranger. Devant Évelyne, cet après-midi, il était troublé. Attiré aussi. Alicia l'a bien vu. Il feignait d'ignorer son manège mais son regard était fixe et sa tempe battait. La «vierge folle»; Alicia a deviné qu'il s'agissait d'Évelyne avant que Jean-Luc ne le lui confie à l'oreille.

Après le récital, comme ils se dirigeaient tous les deux vers le buffet, elle avait murmuré à Jean-Luc:

— J'aimerais la connaître.

Il avait fait mine de ne pas entendre. Cet air faussement distrait, absorbé! Elle s'est penchée sur lui, en esquissant un clin d'œil. Il lui a souri en retour, comme s'il revenait de loin. Quand il s'est trouvé face à face avec Évelyne, il s'est esquivé. Comme autrefois.

Aujourd'hui le hasard les avait de nouveau réunis. Mais Alicia ne croit pas au hasard. Aux atomes crochus, oui. À l'alchimie des êtres et des choses. À leur interaction.

Jean-Luc aurait-il peur d'Évelyne? Aime-t-il les femmes?

Il aime Rome, pourtant, la ville sensuelle entre toutes, la ville femme par excellence. Jean-Luc cherche l'amour et il ne le sait pas. Il sublimise.

Ce besoin qu'il éprouve d'étudier et d'apprendre, sa volupté de connaître! La sensualité intellectuelle existe au même titre que l'autre.

○

Le concert se termine dans un *tutti* étourdissant. Les musiciens reprennent complaisamment les dernières strophes musicales. Quelqu'un, dans la salle, se lève déjà et se dépêche vers la sortie. La hantise habituelle: d'être le premier à faire quoi que ce soit.

Alicia, au contraire, s'attarde à observer les gens. Pour elle, ils font partie du spectacle. Les femmes sont belles, élégantes. Chevelure vibrante, maquillage raffiné. Poncées, massées, soignées, elles ont une beauté comestible. Et ces voix chaudes, de gorge, — contraltos, violoncelles. Et le plaisir qu'elles ont à moduler leurs phrases, à déguster les mots comme autant de plaisirs.

Les hommes aussi sont beaux, non moins soignés et désinvoltes. Ils ont des yeux mobiles et le regard intense, la bouche bien dessinée et le menton gourmand. Ils rient doucement, de façon appuyée. Le monde leur appartient. Ils n'ont jamais l'air pressé. Pourtant, ce sont les mêmes, tantôt, qui fonçaient dans le trafic comme autant de bolides. Leur peau est déjà hâlée, ils font plaisir à voir.

Alicia franchit à son tour le seuil de l'église Sainte-Agnès. Dehors la place Navone l'attend avec son fourmillement étonnant, cosmopolite, familier. Ses cortèges de touristes, ses grappes de jeunes gens, ses îlots de badauds. Ses peintres amateurs, ses saltimbanques improvisés. Ses marginaux, ses croqueurs de profils, ses chiromanciens, ses voyants aux tarots — et comme elle, peut-être, d'autres chasseurs de souvenirs.

○

Il a plu, et même assez fort à en juger par les flaques le long du caniveau. Alicia adore Rome sous la pluie, Rome après la pluie. Lavée, allégée. Le gros des passants ont fui. Un peu de silence, un peu de recueillement.

Au café, en face de la fontaine du Bernin, Alicia choisit un guéridon protégé d'un auvent. Déjà un *cameriere* s'affaire autour d'elle. Précis, compétent, l'œil à tout et un sourire pour chaque client. Alicia retrouve la place Navone de sa jeunesse.

Cette place Navone était alors le domaine attitré des enfants. Leur territoire. Ils venaient accompagnés de leurs parents. On les laissait courir à leur guise, sauter, jouer à la balle, — se pavaner dans leurs si beaux vêtements. Chaussettes blanches, robes brodées, costumes de grande coupe. Parfois, l'après-midi, Alicia y menait les enfants de l'ambassadeur quand ils avaient terminé leurs leçons, ou plutôt c'était elle qui les y suivait. Ils habitaient, à deux pas, un vieil appartement en attique avec des terrasses fleuries et une vue surprenante sur les toits et le chatoiement mystérieux de la ville.

Les enfants bâclaient leurs devoirs, ou travaillaient le double, pour en finir avec leurs leçons et descendre sur la place. Ils s'y mêlaient aux adolescents du cru, ils apprenaient des jeux nouveaux. Des mots nouveaux aussi, très verts et juteux. Alicia s'instruisait. Tout yeux et tout oreilles, elle suivait le jeu des enfants et le vol des pigeons. Leurs appels conjugués couvraient parfois la voix de la fontaine des Quatre-Fleuves.

Cette fontaine exerçait sur Alicia un attrait particulier, presque une fascination. Le lion, le palmier échevelé lui parlaient d'aventure. Un Titan à la face voilée, qui représente le Nil aux sources inconnues, évoquait pour elle les mystères du destin. Il semblait attendre une révélation. Et le Gange, et le Rio de La Plata? Elle irait vers eux, un jour. Peut-être. Son Danube était là, lui aussi.

Il la poussait vers d'autres fleuves, vers d'autres océans. Son séjour près du Tibre, elle le sentait, ne serait qu'une escale.

Des marchands de ballons, de girouettes et autres babioles se disputaient la petite clientèle avec les vendeurs d'olives douces et de gros lupins jaunes. Un monde exotique de saveurs et de couleurs nouvelles.

○

Son premier Noël à Rome. Alicia a le cœur transi. Le souvenir des siens la hante. Elle chante dans sa tête, pour elle seule, les vieux cantiques hongrois. Elle ravale ses larmes, refuse de sortir.

Le matin du 24, les enfants sont venus la chercher. À Noël, le *Bambino Gesù* descend sur la place. *Tu scendi dalle stelle...* Dehors, on a dressé un immense *presepio,* une crèche grandeur nature. De vrais bergers venus des montagnes de l'Abruzze et du Latium, avec leurs tuniques en peau de mouton et leurs sandales primitives lacées jusqu'aux genoux, jouent de naïves ritournelles. L'accent lancinant de leurs flûtes et de leurs cornemuses a redoublé la peine d'Alicia, puis l'a consolée. Il contient toute la douleur, toute la douceur du monde.

La place Navone est encombrée d'éventaires, les enfants voltigent autour du nougat. On leur propose des marionnettes en costume d'époque: chevaliers cuirassés, dames guerrières ou éplorées; les personnages familiers de la «Jérusalem délivrée». Et des toupies valseuses et des mécaniques sauteuses, bref, un peu de rêve avec beaucoup de bruit. Papas et mamans, autour, piétinent gravement.

○

31 décembre. Depuis une semaine, des pétards éclatent. Sur la place, on vend un assortiment fabuleux de jeux de pyrotechnie en bâtonnets, en girandoles, en cascades d'étincelles de toutes les couleurs. Le concierge est catégorique, ce soir, il ne faut pas sortir. Les gens s'excitent, ils se bousculent sur la place.

À minuit, ils lancent leurs vieilleries par les fenêtres. Adieu les mois passés, salut l'année qui
vient. L'ambassadeur est formel.

— Ne descendez pas, c'est dangereux. La nuit
de la Saint-Sylvestre est une survivance des satur-
nales de l'Antiquité.

Pour les Romains d'alors, le 25 décembre était le
jour de la naissance du soleil. Les chrétiens ont
choisi la même date pour célébrer la naissance de
Jésus.

Il n'empêche! La dernière nuit de l'année, les
Romains se défoulent, on peut s'attendre à tout.

○

La veille du jour de l'An, un cousin des enfants
arrive de Scandinavie. Il s'appelle Björn, il a vingt
ans. Les propos de son oncle allument sa curiosité.

Vers onze heures, l'oncle et la tante se rendent à
une réception de gala. Une demi-heure plus tard,
Björn en profite pour s'éclipser, entraînant Alicia qui
ne demande pas mieux. Le spectacle l'attire comme
un aimant. Les enfants de la maison, surexcités, font
un sort à un stock de pétards et de feux d'artifice.
Ils les amassent depuis une semaine à l'insu de leurs
parents. La cuisinière et la femme de chambre sont
de mèche, des petits voisins sont venus leur prêter
main forte. Björn et Alicia font semblant d'aller admirer le spectacle sur une autre terrasse, personne ne
se soucie de leur absence.

En bas, le bruit est étourdissant, la foule crépite.
Il faut se boucher les oreilles, se protéger les yeux.
Des pétards éclatent sous leurs pas en dégageant

une fumée âcre, des fusées rougeoyantes les frôlent en sifflant. Des groupes de jeunes gens, déguisés sur le mode grotesque, leur tapent sur la tête avec des gourdins mous. La place Navone est en folie.

La foule devient magma, la confusion, totale. Alicia est effrayée, elle voudrait rentrer.

Minuit va sonner. De toutes les fenêtres, de toutes les terrasses de la place commencent à jaillir d'étonnants projectiles. Chaises branlantes, assiettes ébréchées, fiascos de vin vides. Dans toute la ville, on en fait autant.

Alicia et Björn se réfugient dans le *presepio* et là, tout près du *Bambino Gesù,* ils échangent un long baiser. La frayeur et l'ébahissement les collent l'un à l'autre, ils restent enlacés en silence et se caressent doucement. Björn a un semblant d'expérience. Pour Alicia, c'est l'émoi de la première fois.

Pour rentrer, ils doivent courir au milieu des débris. Ici et là, des bouteilles de mousseux éclatent encore sur le pavé. *Auguri, auguri!* Les gens dansent dans les maisons, les enfants s'empiffrent de *panettone.* L'année vient de naître.

○

— *Il signor Mario non c'è.*

Josyane a deviné plus qu'elle n'a compris. Mario n'est pas là. S'il allait ne pas rentrer? Elle est au bord des larmes. Cela se voit-il? L'homme la regarde. Il hésite, semble-t-il, à l'abandonner à son sort.

Josyane a une inspiration. Pour le rassurer, lui démontrer qu'elle connaît bien Mario, elle sort un papier froissé de son sac. Elle lit, en épelant au petit

bonheur: *Latina. Centro per persone... Telefono...*
L'homme regarde le papier, il hoche la tête puis il
rentre chez lui. Il a dit quelque chose que Josyane
n'a pas compris. Appellera-t-il Mario?

Le bruit du battant qui retombe la plonge dans le
désarroi. Elle se laisse glisser de nouveau par terre,
s'assoit à même le paillasson. S'abandonne à sa fatigue.

Mais le paillasson est dur, il lui pique les jambes.
Josyane s'accroupit sur ses talons, adossée contre
le mur. La situation lui apparaît dans toute son ab-
surdité. Relancer un inconnu qui n'est pas là, quand
on a sa propre mère à portée de la main.

Demain, coûte que coûte, elle se confiera à
Évelyne. Elle voudrait l'appeler tout de suite à son
hôtel, mais affronter de nouveau la rue, la pluie et les
téléphones publics, elle n'en a pas la force. Elle espère que Mario va rentrer bientôt. Elle appellera sa
mère dès qu'il sera là.

Sa mère. Elle lui en veut d'avoir laissé son père.
De les avoir divisés tous les trois. Pourtant, elle
n'avait pas le choix.

Cela fait une vie qu'elle la voit se débattre comme
une mouche au fond d'un verre. Elle voudrait l'aider
mais se trouve dans une situation analogue. Son
père aussi, d'ailleurs. Papa, maman, elle-même; trois
mouches en panne dans un piège différent.

Est-ce elle, Josyane, qui empêche sa mère de se
refaire une vie? Après le récital, cet après-midi,
quand elle lui avait demandé des jetons pour appeler
Mario, Évelyne avait eu l'air presque soulagé. Elle lui
avait dit de se dépêcher, de revenir tout de suite.
Mais quand Josyane s'était retournée au moment de
quitter la pièce, elle se pressait déjà vers le buffet, le
regard anxieux et le cou impatient. Elle ne ressem-

blait plus à Évelyne. Sa mère, en ce moment précis, ne semblait plus sa mère.

Josyane avait eu conscience de la déranger. Et ce n'était pas la première fois. Il faudra bien, un jour, qu'elle se décroche de ses jupes, qu'elle fasse sa propre vie.

Si elle étudiait, aussi, si elle travaillait comme tout le monde.

— Je le ferai, promet Josyane. L'idée qu'elle puisse être enceinte la panique de nouveau.

Elle ferme les yeux. Elle ne voudrait plus penser. Pour se distraire, elle tend l'oreille, elle s'exerce à départager les différents sons qui font bruire l'escalier. Un téléviseur, à l'étage supérieur, diffuse quelque western. Galop martelant, crépitement de fusillade. Josyane essaie d'imaginer John Wayne ou Gary Cooper s'égosillant en italien dans un living-room romain. Ailleurs, un enfant pleure. Commencé en sourdine, le cri déferle maintenant dans un crescendo de plus en plus aigu. Un homme et une femme, le père et la mère, échangent, en voix off, des propos aigres-doux. Cette cage d'escalier est une caisse à résonnance. Tout l'immeuble vibre et ronronne comme un gros malaxeur. Un malaxeur de vies, d'existences homogènes. Sur son palier haut dans les airs, Josyane éprouve un sentiment aigu d'extranéité. Rien, ici, ne ressemble à ce qu'elle connaît, ni la forme des bruits, ni la couleur des voix. Jusqu'au profil des odeurs qui témoigne de condiments inconnus. Est-ce du fenouil, est-ce de l'origan?

Josyane ne fait pas partie du malaxeur. Elle est un corps étranger dans cette ruche. Elle est un corps étranger dans sa propre famille. Non, dans sa propre peau.

Elle ne veut plus s'entendre penser. Elle se bouche les oreilles. La sonnerie d'un téléphone lui parvient quand même, lointaine. Elle provient de l'appartement d'en face, l'appareil doit être installé dans l'entrée. Une voix dit: Pronto? Suit un silence ponctué de si, si, et de certo, certo. Déclic de l'appareil, on a raccroché. Des pas se rapprochent de la porte. Le même homme que tantôt apparaît sur le seuil.

Josyane se replie sur elle-même. Vient-il pour la chasser?

○

— **D**onne-lui la clé, Tullio, fais-la entrer.
— D'accord.
— Tu diras à Lello...

La fin de sa phrase s'est perdue dans des recommandations banales. Mario a salué son logeur, il a raccroché.

Il devrait se lever, rejoindre les autres dans la salle à manger. Au contraire il reste sur place, comme fasciné, à observer les êtres autour de lui, — les êtres de cet intérieur qui l'obsède depuis sa petite enfance.

Si les temps ont changé, la maison est restée la même, une maison pleine de choses qui ont vécu et qui parlent.

Le coffre à pain qu'on remplissait une fois par semaine de miches rebondies et craquantes. *La conca* — la cruche en cuivre roux que les femmes portent en équilibre sur leur tête pour aller quérir l'eau à la source, la *fonte*, justement, qui a donné son nom au village. La table en bois de cerisier est toujours à sa place, flanquée de son dressoir et de son vaisselier. Y luisent, comme alors, de grandes assiettes en céramique craquelées par l'usage.

Sa grand-mère lui a maintes fois raconté le décor. Aujourd'hui on a fleuri la table, on a allumé les huit flammes de la suspension en porcelaine.

Mario perçoit des odeurs savoureuses, les bruits feutrés d'une agitation contenue. Toutes ces odeurs, ce va-et-vient sont en son honneur. Ce soir on le fête, c'est le retour de l'enfant prodigue.

Mario écarquille les yeux, il écarquille son cœur. Il cherche à entrevoir, au-delà des murs, au-delà du temps, les protagonistes de l'histoire qu'il est venu filmer.

Printemps 1944. Les Allemands ont investi le haut-plateau des Roches. Le grand-père de Mario, Vincenzo, est aux abois. C'est un homme traqué. Il lui est impossible de regagner son village ou de parvenir au chef-lieu. Il trouve asile pour la nuit dans la maison d'Agapito, à Fontevecchia, la même maison où se trouve Mario en ce moment. C'est une maison solide et comme imbriquée dans les autres. Elle a l'air modeste, vue de la rue, mais se déploie de façon inattendue du côté pente. Une maison construite patiemment génération après génération. On élevait de nouveaux murs par-dessus les anciens, on refondait deux logis en un seul à l'occasion d'un mariage.

Vincenzo s'est réfugié dans le cellier. Il pourra fuir, si nécessaire, en passant dans la maison voisine reliée par un passage souterrain. Tout est encore en place, Mario a vérifié.

Giuseppina, dite Giusì, la fille de la maison, lui apporte à boire et à manger. Ils se sont déjà rencon-

trés tous les deux. Elle lui donne aussi des vêtements de femme en prévision de son évasion. Une
longue jupe, un fichu de tête ramené sur les yeux le
rendront méconnaissable, demain, quand il tentera
une sortie sous le nez de l'ennemi.

Il y a un an, avant de partir pour le front,
Vincenzo était monté à pied de San Panfilo, son village, pour jouer l'aubade aux jeunes filles à marier.
C'était un mardi gras. Une chute de neige inattendue l'avait bloqué à Fontevecchia pendant deux
jours. Vincenzo et Giusì se connaissaient déjà.
Secrètement, ils s'étaient choisis l'un et l'autre. Les
parents de Giusì avaient d'autres projets pour elle,
ils l'avaient déjà promise au fils de leur voisin. Elle
avait alors dix-sept ans, Vincenzo dix-neuf.

Peu avant le départ, ce matin de mai 1944, com-
prenant que la vie allait de nouveau les séparer,
Giusì et Vincenzo prennent la décision de leur vie.
Ils s'étreignent, ils se déclarent mari et femme devant
Dieu et devant les hommes en se jurant un amour
éternel. Ils y mettent toute la passion et la gravité de
leur race austère. Pour eux une promesse est un en-
gagement sacré. En d'autres circonstances, ils se
seraient enfuis, ils auraient feint un enlèvement pour
fléchir leurs familles. Désespérés de ne pouvoir partir
ensemble à cause de la guerre et voulant sceller leur
union, ils se donnent l'un à l'autre.

Quand Vincenzo revient à Fontevecchia à la fin
de la guerre, il découvre qu'il est le père d'une fil-
lette de trois mois, Antonina. Devant le scandale,
une seule alternative pour le couple: émigrer. Entre-
temps ils se sont mariés. Le curé de leur paroisse
s'est entremis pour faciliter les formalités. À
l'automne 1945, ils s'embarquent avec Nina pour le
Canada.

En principe, Mario est venu à Fontevecchia pour filmer les premières séquences de son film.

Son projet initial était de raconter l'histoire de ses grands-parents puis leur vie d'immigrés dans le quartier italien de Montréal. Maintenant, il a des doutes. N'est-ce pas du rabâchage, des redites?

Lui, cependant, a vécu ce «film». La petite Antonina de Fontevecchia est sa mère. Il voudrait raconter son histoire.

Nina a toujours été pour lui une énigme. Quand Mario était enfant, elle parlait peu. C'était sa grand-mère qui faisait les frais de la conversation. Intarissable, elle racontait son enfance et sa jeunesse dans son *paese* de montagne où l'on faisait tout de ses mains: le pain, la laine, les draps. Où les jeunes filles semaient elles-mêmes le lin, le moissonnaient, le filaient et le tissaient pour en tirer tout leur trousseau. On y transportait l'eau à dos d'âne pour faire la lessive. Il ne fallait compter que sur soi-même.

Giusì parlait d'autant plus de son enfance et de sa jeunesse qu'elle n'était plus jamais retournée à Fontevecchia. Elle y avait vécu sa grossesse et la naissance de son enfant en fille qui a déshonoré sa famille. Elle savait que les siens ne souhaitaient pas la revoir.

○

Mario, adolescent. Sa grand-mère parle beaucoup, sa mère, pas du tout. Quant à Vincenzo, il est mort. De son vivant, il était peu loquace. Le jeune homme qu'il avait été, celui qui allait jouer l'aubade aux jeunes villageoises s'est effacé, petit à petit, devant un homme tenace, refermé sur lui-même qui se devait de justifier son choix. Qui devait réussir.

Mario s'interroge. Vient pour lui le moment où il désire revenir à ses sources. Autour de lui, à Montréal, tout le monde en fait autant. Durant les années 70, les Québécois ont commencé à décaper leurs meubles, leurs escaliers, leur âme et leur passé. Mais Mario ne se retrouve pas dans leur fureur iconoclaste. Dans les chansons de Vigneault non plus. Enfin, pas tout à fait. Il y perçoit un contexte étranger — des couleurs, des formes, un ton qui ne lui appartiennent pas.

Sa grand-mère morte, Mario désire se rendre à Fontevecchia, le village qui l'a vue partir. Sa mère refuse de l'accompagner. Elle a dit non tout doucement en hochant la tête. Mario n'a pas insisté. Il sait que c'est inutile. Nina n'a jamais beaucoup parlé et quand elle dit non, c'est définitif.

Les refus de Nina, catégoriques, imprévisibles, ont ponctué l'enfance de Mario. Sous des dehors doux et conciliants sa mère cache un tempérament ardent et volontaire. Giusì et Vincenzo, ses parents, en ont tôt fait l'apprentissage. Enfant, Nina se dérobait à tout. À l'école, elle refusait d'apprendre. Elle dansait quand on la priait de chanter, elle se sauvait quand on l'appelait. On l'avait surnommée *Anguilla*.

Un jour, Nina avait annoncé à ses parents qu'elle ne voulait plus aller à l'église. Giusì et Vincenzo s'étaient fâchés. Ils avaient tempêté, menacé. En vain. Nina avait répété: «Je ne veux plus aller à l'église.» Elle n'avait pas ajouté un mot. Elle se cachait sous son lit, le dimanche matin, elle s'accrochait au sommier, aucune menace ne la faisait changer d'idée.

— Et tu sais pourquoi, Mario? avait demandé Giuseppina bien des années plus tard.

Mario le savait. C'était à cause d'une fresque. Une fresque qui dominait le maître-autel de leur église paroissiale.

Il y caracolait sur un cheval splendidement harnaché. Son état-major paradait à ses côtés. Au-dessus du groupe, une armée d'anges célébraient ses gestes, un chœur de saints le bénissaient. C'était Mussolini, un héros qui n'en était pas un. Nina l'avait appris à l'école. Personne n'en parlait jamais. À la fin, Giuseppina décida de changer d'église pour la messe du dimanche. Nina quitta son refuge sous le lit.

La fresque est restée là où elle était.

Mario aussi avait tiqué, enfant.

○

À seize ans, Antonina finit par se ranger. Elle poursuit des études en sciences économiques et fait carrière dans la gestion. Elle s'est réfugiée derrière les chiffres, ou plutôt derrière la sécurité qu'ils donnent quand on sait les apprivoiser.

Enfant, elle n'avait pas su faire son creux dans son petit milieu. Coincée entre la saga de sa mère et la morne prose du quotidien, elle s'échappait de la réalité avec les moyens du bord.

Avait-elle honte de son accent? De son français plein de tournures et d'assonances italiennes? Quoi qu'il en soit, elle préférait se taire. Elle avait pris le parti de vivre dans un monde imaginaire.

C'est précisément le monde de sa mère que Mario voudrait raconter, ce *no-man's land* où se réfugiaient les pulsions et les rêves de Nina.

Quand il était petit, sa mère lui souriait toujours. Elle le faisait souvent à son insu, dans son dos. Elle se souriait aussi à elle-même quand elle se croyait inobservée.

Josyane en fait autant, Mario le parierait. Josyane pourrait être la sœur de Nina, son double. Ou est-ce son imagination qui lui joue des tours? Il cherche à reconstruire Nina, ne la retrouve-t-il pas trop facilement dans cette petite jeune fille qu'il connaît à peine. Prend-il ses désirs pour la réalité?

Il chasse l'idée, qui le dérange, et retourne à sa mère. Il l'a si peu eue, enfant. Elle était toujours ailleurs. Elle aimait Mario, le regardait gravement en lui souriant, justement. Mais c'est à ce sourire qu'il comprenait qu'elle était loin de lui. Nina a travaillé toute sa vie. Giusì tenait le ménage de sa fille, c'est elle qui a élevé Mario et lui a donné le goût de son *italianité*.

Son savoir émanait de ses gestes. Elle portait sa culture dans ses mains, administrant une sorte de sagesse à travers les vieux dictons populaires qu'on lui avait transmis. Sans diplôme, elle savait déchiffrer le monde à partir d'un code millénaire. Sous son manque de connaissances perçait une vieille civilisation qu'elle exprimait à sa façon, n'était-ce qu'à la manière dont elle vous accueillait à sa table. La miche qu'elle a pétrie et qu'elle coupe en l'appuyant directement sur sa poitrine est encore toute chaude. Elle a fait la pâte de ses lasagnes, la sauce aussi, à partir de tomates fraîches qu'elle a mises en conserve. Son romarin et son basilic poussent sur l'appui de sa fenêtre et elle vous offrait, à la fin du repas, un vin de fraises ou de cerises comme on en faisait dans son village.

En venant à Fontevecchia, Mario tente de réintégrer le monde, inconnu pour lui, de sa grand-mère et

de sa mère. Saura-t-il transposer en images élo-
quentes cet univers feutré et véhément?

Passe encore devant ses yeux le visage intense
de Josyane. Elle lui fait un signe de la tête, pour
l'encourager. Elle a maintenant un petit air enjoué
qu'il ne lui connaissait pas.

Il a hâte, maintenant, de revenir ici avec elle. De
la faire entrer dans son film. Dans sa vie.

○

La poétesse avait un air inspiré, hier, quand elle
disait ses vers. Elle semblait avoir oublié où elle
était, qui elle était. Elle était, tout simplement.

Elle ne se demande pas ce que les autres pen-
sent de ses vers. Elle les vit.

Elle plonge au centre de l'univers, entraîne les
autres à sa suite.

Colette voudrait lui ressembler.

Saura-t-elle exprimer elle aussi ce qui la fait ce
qu'elle est?

○

On se plaignait du trafic, hier, après le récital
de poésie. On disait qu'à Rome il est impraticable.

Colette a répondu qu'à Rome la circulation a
toujours été chaotique. Rome est une ville à part
avec sa topographie tortueuse, médiévale, renaissance. Les voitures ne peuvent y circuler comme ailleurs.

Mais Rome est-elle si particulière? Maintenant le trafic urbain a envahi toutes les grandes villes du globe. Londres, Paris, New York. Partout, c'est l'état d'alerte. À Rome, on a mis en œuvre un plan pour décongestionner le centre-ville: les voitures n'y ont plus accès, les piétons sont en train de reconquérir les rues de la vieille Ville.

— Mais pas le métro, lui a lancé un étudiant. Quand sera-t-il terminé?

Ah, le métro, le *millimetro* comme on l'appelle ici en faisant allusion à la lenteur des travaux qui avancent au millimètre, justement.

— Encore ici, Rome n'est pas une ville comme les autres a répondu Colette. On creuse et on tombe sur un site archéologique. On renonce, on creuse ailleurs, on trouve d'autres antiquités. Le sous-sol de Rome est un gigantesque parc archéologique.

— Si les Romains s'y mettaient sérieusement, ils l'auraient terminé depuis longtemps leur métro, a rétorqué un professeur milanais.

Que répondre? Rome ville éternelle égale travaux éternels?

— En attendant, il faut se battre avec les autobus a ajouté une jeune femme employée d'une ambassade.

— Il faut se battre dans les autobus, a dit Colette en souriant. Ah, les bousculades! Un trajet sur le Corso aux abords de la place Venise ou de la place Argentina ressemble à une partie de *calcio*. Il faut pousser, jouer du coude, foncer vers l'avant, défendre ses côtés, surveiller ses arrières.

— Les Romains sont bruyants.

— Ils l'étaient déjà il y a deux mille ans.

Juvénal se plaignait qu'à Rome il ne pouvait pas écrire durant le jour à cause du fracas des attelages sur le pavé. La nuit non plus. Il y avait un trafic incessant de chars qui entraient et sortaient de la ville pour l'approvisionner. Pour écrire, Juvénal se réfugiait à la campagne. Déjà! Sous l'empereur Auguste, Rome comptait plus d'un million d'habitants.

— Ça ne vous enlève pas le goût de vous promener?

Peut-on perdre le goût de se promener à Rome? Colette s'échappe vers le centre à la moindre occasion. Flâner est son vice impuni. Le moyen de résister?

○

Quand elle va à la librairie française pour acheter des livres, l'autobus la dépose sur le corso Vittorio à la hauteur du palais Braschi, un nid à tentations. Colette tourne les talons et s'enfonce vers l'ancien quartier latin. L'intrigant clocheton à lanterne de Saint-Yves accroche son regard. Franchira-t-elle le portail de la *Sapienza,* l'antique université de Rome? Jettera-t-elle un coup d'œil sur la cour intérieure?

Elle passe outre. Ses yeux tombent sur une vieille fontaine en marbre blanc. Son jet d'eau éclabousse en tombant d'énormes bouquins de marbre grands ouverts. Avec leurs pages jaunies, leurs reliures racornies, ils donnent envie de les lire.

C'est la ville des fontaines. Colette garde un peu d'eau dans le creux de sa main et poursuit son chemin. Oubliant qu'elle est pressée, elle franchit le seuil d'un café. Elle se raconte qu'elle a besoin d'un bon cappucino. Mais c'est d'être là qui importe, c'est de jouir du spectacle des passants et du soleil doré en train d'envahir le largo. La rue étroite qu'elle vient de parcourir est dans une demi-pénombre, le contraste est plaisant.

Elle quitte le café. La librairie est à deux pas. Tout à côté, il y a l'église Saint-Louis-des-Français, très pays de connaissance avec ses lys sur champ d'azur. À Montréal, la paroisse de Colette était Saint-Louis-de-France. Dans l'église française de Rome il y a de magnifiques Caravage. Elle ne peut passer sans s'arrêter.

Au retour de son bouquinage, Colette change d'itinéraire. Il se fait tard, elle doit se hâter. La façade à volutes blanches de l'église de Saint-Augustin a son bel air ensorcelant. Colette la mange des yeux, presse l'allure puis revient sur ses pas. Cette église possède d'autres toiles du Caravage dont sa préférée, *la Madone des Pèlerins*. Vivement deux pièces de cent lires pour faire sortir de l'ombre la Vierge au col de cygne. Une apparition.

Rome est pleine d'apparitions.

Rome est bruyante, Rome est contrariante?

Rome est tout ce que vous voulez. Colette s'y est faite. C'est le prix à payer pour les parcs, l'architecture, les fontaines. Pour la beauté du ciel et la douceur du temps. Des arbres verts en toutes saisons, — pins, cyprès, palmiers, magnolias et lauriers. La montagne et la mer à deux pas, les lacs aussi. Les nécropoles étrusques, les villas patriciennes dans la campagne, les ruines riantes, les fouilles, anciennes et nouvelles. Ici, l'archéologie fait partie de la vie quotidienne. Il y a partout des repères esthétiques, des jalons de beauté. Mais il y a plus encore. Rome est à la fois matérielle et intemporelle. Son essence est énergie, son attraction, libération.

Marcher dans Rome, enfiler ses venelles tortueuses bordées de palais souriants, déboucher sur une place au pourtour flexueux, découvrir une façade inattendue parce qu'elle est, en ce moment, découpée par la lumière, a quelque chose d'envoûtant. Colette est passée hier, elle ne l'a pas remarquée. Elle repassera demain, elle ne la retrouvera plus. Une autre façade, illuminée à son tour, retiendra son attention. Elle franchira un portail entrouvert qui était fermé la semaine dernière et sera clos demain. Cet hôtel particulier, orné de bustes et de médaillons en saillie, la surprend. Elle l'a côtoyé pendant plus de vingt ans sans soupçonner son existence. Elle reviendra quelques jours plus tard sans pouvoir le retrouver. Elle doutera d'elle-même, de ses yeux, de sa mémoire.

Pour Colette, les méandres de la vieille Rome évoquent des couloirs souterrains, les replis sinueux du cerveau, les serpentins de l'inconscient. Un parcours viscéral, émotif, cérébral. Au bout, une espèce de décantation. Pour elle, marcher dans la vieille Rome c'est se délester de soi, c'est participer à un mystère.

Mais allez donc raconter la beauté, les arcanes. Colette n'est pas la poétesse. Tel qu'il est son texte n'est peut-être pas publiable. Elle le gardera pour elle. Personne ne lui a demandé de s'épancher.

○

Colette s'étire, elle frissonne, le petit matin est frisquet. Dans une heure la famille se lèvera.

Les fleurs de ses terrasses ont perdu leurs pétales. Les géraniums, les amaryllis et les sauges, blottis contre le parapet extérieur, resplendissant, lavés de toute poussière. Les plantes ont bu l'eau de pluie, elles absorbent maintenant leur ration de lumière. La bougainvillée, les roses et l'hibiscus, logés à l'abri du vent contre le mur intérieur, n'ont rien bu. Si, pourtant. L'humidité sature l'air, pénètre leurs pores verts. Colette n'aime rien autant que soigner ses fleurs, leur parler, les regarder pousser. Maintenant elle n'a pas le temps de les arroser. Quelqu'un peut se réveiller, faire couler l'eau, allumer la radio. Colette serait coincée, comme la veille.

Elle tourne et retourne son article dans ses mains. Hésite encore. Les pages sur les Romains sont-elles à point?

La poétesse, toujours. Elle posait mille questions, hier. Les Romains par-ci, les Romains par-là. «Racontez-moi!» Colette a mille choses à dire à leur sujet. Rome et les Romains ne font qu'un.

○

Les Romains sont païens. L'évidence a frappé Colette dès son arrivée.

Pour l'adolescente qu'elle avait été — l'école chez les Sœurs, la bibliothèque Saint-Sulpice, les premiers cours d'histoire de l'art donnés à Montréal par le professeur Randall, Rome c'était Rome et ce n'était pas Rome. Où était la ville sainte qu'elle avait imaginée?

En ce temps-là la contestation ne courait pas les rues, Pie XII était un Souverain Pontife, un *pontifex maximus* comme l'empereur Auguste. Mais les églises n'offraient ni chaises ni bancs. Les gens s'y tenaient debout comme à la Bourse, l'air distrait, chuchotant comme au café. Les *bambini* échappaient à leur mère, ils allaient faire en courant le tour du bénitier. Durant le prône des petits couples de fiancés se bécotaient à l'ombre des piliers. Des gens entraient, des gens sortaient. Parmi eux beaucoup de touristes venus admirer les fresques, les plafonds, les colonnes.

L'air était humide, on grelottait en toute saison. Les femmes étaient en cheveux. De grands garçons de douze, quatorze ans portant des culottes extrêmement courtes exhibaient des cuisses extrêmement dodues.

Pour venir d'ailleurs, Colette venait d'ailleurs. Elle avait le sentiment d'avoir franchi une nouvelle dimension, d'être entrée, ignare, dans une nouvelle bergerie. Elle avait découvert la vraie Rome qui n'est pas la ville du pape comme elle l'avait toujours cru, mais celle des Romains.

Avoir vingt ans à Rome. À l'âge où l'on se cherche, s'y trouver!

Montréal et Rome. Île. Colline. Y avait-il à l'époque deux villes plus différentes que Rome et Montréal? Montréal, au début des années soixante, c'était encore Ville-Marie. On vivait à l'ombre des clochers.

Enfant, puis adolescente, Colette pratiquait le sacrifice, comme ses compagnes. Elle se conformait à un idéal mi-cornélien, mi-pascalien. L'esprit devait dominer la matière. Il le faisait. Il le fallait! Chacun veillait, soi-même, à se former le caractère. La formation du caractère, une chose sévère. Les Romains, au contraire, ne s'encombrent pas de philosophes. Pendant si longtemps ils ont cohabité avec les dieux, ils en ont découvert l'humanité.

Ils ont assimilé l'humanisme, l'ont vécu. Ils sont devenus humains.

L'humanité des Romains est profonde, inébranlable, communicable. «Vis et laisse vivre.» «Cueille le moment présent.» C'est le canevas de leur existence. *Chi me lo fa fare?* «Qui me le fait faire?» Savoir y faire, c'est leur philosophie.

Si tu as des protecteurs, avec un corollaire raisonnable de protégés qui te doivent à leur tour une gamme nuancée de petites complaisances, en un mot, si tu as des amis et des alliés par amour ou par force, te voilà du même coup pistonné, à l'abri. Dans un tonneau de fer.

Savoir y faire et laisser faire, surtout ne pas s'en faire!

Les Romains en ont vu de toutes les couleurs au cours des siècles. Rien ni personne ne peuvent les impressionner. Ils ignorent le doute existentiel.

Un Romain est avant tout prosaïque, réaliste. Il va à l'église comme on allait au temple dans l'Antiquité. Pour sacrifier aux conventions, se promener, être vu. Pour satisfaire une partie de son émotivité et de sa sensibilité.

Les Romains sont païens et sans complexes. Ils sont conscients de leur ego matériel, de leur corps, de leurs sens. À Rome, Freud n'est pas né. N'ayant pas été refoulés, ils n'ont pas à se défouler. Ils ont une bonne avance sur nous.

L'angoisse métaphysique? Ils s'en trouvent bienheureusement au-delà ou en deçà. L'art qu'ils ont de porter l'histoire avec désinvolture! De ne pas faire de drames. Des païens incorrompus, voilà ce qu'ils sont aux yeux de Colette.

«Je sens, donc je suis.»

Le vrai symbole de Rome n'est pas Saint-Pierre, c'est le Colisée.

5

Le somnifère joue des tours à Évelyne, il ne lui est d'aucun secours. Ses pensées la tiennent réveillée, la frustration aussi. Elle a eu tort de venir. Relancer Manlio, quelle mauvaise idée. Le bonheur ne se répète pas. L'amour non plus. Trop de choses lui rappellent Marcel.

Il a toujours détesté Rome. Rome a même été la cause de leurs premiers désaccords. Ils y sont venus en lune de miel. Ironie du sort! Leur lune de miel s'est vite changée en lune de fiel. Rien que d'y penser, Évelyne se hérisse. Un souvenir irritant.

Sitôt mariés, un ami met à leur disposition un minuscule studio aux alentours de la via Margutta, la rue des artistes et de la bohème romaine.

Évelyne est déçue. Elle aurait préféré Paris, le Louvre. Les Impressionnistes. Marcel lui fait valoir que c'est une chance unique; la ville à la mode, la Ville Éternelle. Elle se rebiffe. Mais à peine arrivée, elle s'emballe. Marcel, au contraire, se renfrogne.

Les églises romaines! Elles le choquent. Il les déteste.

Leur exubérance détruit son paysage spirituel. Évelyne hausse les épaules, Marcel enrage. Aucune église ne trouve grâce à ses yeux, même la basilique Saint-Pierre. Surtout la basilique Saint-Pierre. Des colonnes torsadées, un trône en bronze doré!

— Regarde, plaide Évelyne, *la Pietà* de Michel-Ange, la colonnade du Bernin, les fontaines. Plus elle s'extasie, plus il devient grognon. Ah, les églises gothiques, la grande clarté du Moyen-Âge! Notre-Dame-de-Paris, Saint-Julien-le-Pauvre. Les églises romaines sont des temples païens.

— Ça t'étonne? L'Antiquité a peut-être déteint sur les églises, voudrait-elle lui dire. Mais elle garde ses réflexions pour elle, baissant pavillon devant Marcel.

Lui apprécie uniquement la Rome antique. Il n'en finit pas d'expliquer à Évelyne que le Château Saint-Ange est, en réalité, le mausolée d'Hadrien et que les bas-reliefs de l'*Ara Pacis*...

Évelyne l'écoute sans l'entendre. Elle aime Rome d'instinct. Elle aurait aimé la découvrir seule.

Un après-midi de juillet vacillant de lumière, elle part explorer le Forum et les vestiges du Palatin. Une ampoule au talon due à la grande chaleur, et peut-être aussi à la mauvaise humeur, retient Marcel à l'hôtel.

Évelyne va, enchantée, le Guide Bleu serré dans sa main comme un rituel. Mais elle manque de préparation, elle ne s'y retrouve pas. Seule sous le soleil lion — *il solleone* — elle interroge le livre en vain. Ce ne sont que colonnes chavirées et voûtes béantes. Ici, la maison des vestales, là le fronton du temple de Saturne. Au fond, la Voie sacrée. Le Guide Bleu a beau expliquer, commenter, la liturgie des lieux échappe à Évelyne, leur magie tarde à se manifester. Elle ne voit rien d'autre qu'une aire désaffectée où règne la touffeur.

Il est quinze heures. En été, à cette heure, on ne rencontre que des touristes et des chiens. Les ruines restent muettes, elle en pleurerait.

Un guide désœuvré s'approche d'elle. Il est âgé, son pas a quelque chose d'incertain. Évelyne pense: «Il a l'air plus fatigué que moi.» Il lui sourit, pourtant. *Sprechen Sie Deutch?* «Vous parlez français?» Il l'entraîne parlant français-anglais-allemand, vers les abords du Palatin.

A-t-il lu dans ses yeux son attente déçue? A-t-il vu qu'elle espère, confiante malgré tout, qu'un miracle s'accomplisse? La gentillesse des Italiens est infinie. Comme un mage bénéfique, il le lui fait, son miracle.

Après avoir grimpé un sentier caillouteux et pris sa jupe à des ronces, une fraîcheur de grotte, soudain, coule en elle.

— *La casa di Livia,* la maison de Livie.

Le temps pour ses yeux de s'habituer à la pénombre, et son regard charmé fouille des guirlandes pimpantes, tout un feuillage exquis. Un oiseau chante dans la fresque vermeille, son trille millénaire est frais comme l'enfance. Le ciel, autour, est tout vert. Évelyne aurait chanté, elle aussi.

Quand elle se retourne le vieux n'est plus là.

○

Évelyne se revoit à Rome, jeune mariée.

La mauvaise humeur de Marcel écourte leur séjour. On lui offre un poste intéressant comme professeur de lettres dans un cégep montréalais. Rien ne presse. Ils rentrent quand même. Marcel a hâte, dit-il, d'organiser son nouveau travail.

Il a hâte, surtout, de s'emparer d'Évelyne.

○

Marcel s'est imposé à elle à force de soins et d'attentions.

À dix-huit ans, Évelyne n'est encore que l'ombre d'elle-même, le négatif, en quelque sorte, d'une photo non développée.

Marcel la courtise de façon adorante. Ce qui est déjà une façon de la tyranniser car ce culte qu'il lui voue, il le lui impose malgré elle. Au début, cet amour excessif de Marcel la flatte.

Il s'y mêle aussi une forte dose de reconnaissance. Marcel l'a tirée de sa dépression. Grâce à lui, elle croit avoir oublié Jean-Luc. Marcel est le contraire de ce dernier. Il l'entoure, il la soigne, il la couve. En un mot, il la traite comme si elle était la plus belle chose du monde.

Marcel, orphelin de père, a grandi entre une mère et une sœur au caractère marqué. Il s'est toujours senti un peu enfant mineur. Inconsciemment, il veut se reprendre avec Évelyne qui est douce, timide et romantique. Son amour possessif, manipulateur, vise inconsciemment à susciter chez Évelyne d'abord un désir, puis un besoin de soumission.

Il la hisse sur un piédestal, puis la subjugue par le biais de la domination intellectuelle et du chantage affectif. Marcel aime Évelyne mais il le fait de façon exclusive, castratrice. Il la veut toute pour lui, il veut être tout pour elle, et qu'elle n'existe pas sans lui.

Évelyne est très jeune. Le départ du Père Francœur l'a ébranlée profondément. Elle est désorientée, déprimée. Marcel l'aime telle qu'elle est avec ses misères physiques, son anémie chronique. Marcel l'aime pour elle-même. Elle l'aime pour l'amour qu'il lui voue.

Il a réponse à toutes ses objections. Plus elle lui représente que sa santé est mauvaise, qu'elle n'est bonne à rien dans une maison et qu'elle risque d'être une pauvre mère pour leurs futurs enfants, plus il lui démontre qu'il pensera à tout et qu'elle n'a qu'à s'en remettre à lui. Se croyant éternellement sa débitrice et se taxant d'ingratitude, elle finit par l'accepter.

Elle savait qu'elle ne l'aimait pas. En l'épousant, elle a été lâche. Lâche envers Marcel, lâche envers elle-même. Lâche, surtout, envers Josyane. Car c'est Josyane, à la fin, qui a payé l'addition. Le désaccord de ses parents a gâché son enfance et son adolescence.

Évelyne n'a pas été une bonne mère, tout occupée qu'elle était à se défendre de Marcel. Pourtant c'est elle, Josyane, qui l'a libérée.

Dès le début de sa grossesse, Évelyne s'était sentie renaître. Au fur et à mesure que l'embryon se développait en elle, il lui venait des forces neuves, des énergies insoupçonnées. Elles grandissaient ensemble toutes les deux. La grossesse qu'elle avait craint et souhaité en même temps lui insufflait un apport de vitalité. Quand Josyane est née, Évelyne a eu le sentiment d'être née en même temps qu'elle.

Marcel a refusé Évelyne dans sa nouvelle version. Il a ressenti comme une trahison sa croissance physiologique et affective. Il a opposé toutes ses forces à l'éclosion de sa nouvelle personnalité.

Le duel a duré des années et laissé une victime sur le terrain: Josyane.

○

Évelyne continue à se tourmenter, plus agitée que jamais. Ses pensées se pressent en un défilé chaotique. Mais c'est toujours Jean-Luc, à la fin, qui émerge, obsédant.

Même vieilli, son profil est resté inchangé. Front bombé, yeux renfoncés dans leurs orbites, menton projeté en avant, c'est un profil en forme de croissant de lune. Quand Évelyne était jeune, elle le regardait en se disant: «Celui-là, c'est le mien.»

Cela fait une vie qu'elle pense à lui. Elle l'a connu au sortir de l'enfance.

À quatorze ans, Évelyne est rédactrice de la feuille de son école. Elle n'a pas toujours le choix de ses chroniques. Les Sœurs lui imposent des sujets dans le genre: «La culture nuit-elle à la formation de la jeune fille?»

Évelyne rue dans les brancards, elle veut traiter de vrais problèmes. Le *necking,* par exemple. Elle se lance dans une enquête à ce sujet, une enquête ponctuée de fous rires et de sous-entendus. Ses compagnes pratiquent le *necking* mais n'en parlent pas. Évelyne, alors, a l'idée d'interpeller les garçons de l'école voisine. Leur réponse la consterne.

Ils aiment bien *necker,* bécoter, hasarder leur main. Mais méprisent ensuite la jeune fille qui se laisse faire. Pire, ils racontent leurs prouesses dès le lendemain en stigmatisant leur conquête. «C'est une fille facile.» Conclusion logique: Mesdemoiselles, tenez-vous-le pour dit.

Évelyne s'indigne. Peut-être ont-ils été influencés par leurs éducateurs? Elle veut en avoir le cœur net, elle mènera son enquête jusqu'au bout. Elle téléphone à l'école des garçons, prend rendez-vous avec un certain Père Francœur.

Un samedi après-midi, Évelyne, très émue, va au-devant de son destin. Il lui ouvre la porte lui-même et introduit l'adolescente dans un petit parloir ciré où règne une statue de saint Antoine de Padoue. Un fumet refroidi de bœuf à la mode flotte dans l'air.

Le Père est jeune, ouvert et dynamique. Il est beau, aussi. Pour Évelyne le coup de foudre est instantané.

Il lui démontre en peu de mots que les garçons sont bêtes à seize ans. Qu'ils ont peur des filles et que, oui, les religieuses ont raison, il ne faut pas leur accorder trop de privautés, car ensuite, ils s'en vantent.

Que néanmoins il y a des gars très sérieux qui ne demandent pas mieux que de rencontrer la jeune fille idéale. Ils la cherchent, à vous de les aider à la trouver! ajoute-t-il en souriant à Évelyne.

Elle lui demande alors en rougissant s'il accepte d'être son directeur de conscience. Il refuse poliment, mais avec beaucoup de fermeté, lui conseillant de s'adresser à l'aumônier de son couvent. Devant sa déception, il accepte de guider ses lectures de loin en loin. Il lui indiquera les livres à lire et à commenter dans la feuille de l'école. Il lui donne une liste d'ouvrages pour sa rubrique littéraire.

Dorénavant, pense Évelyne, elle ne lira plus que pour lui.

○

— *Basta!*
Évelyne se dresse au milieu de son lit. Elle arrache les boules de cire de ses oreilles, lance

l'oreiller par terre. Son insomnie est insupportable.
Un moment, elle est tentée de se lever, de sortir. De
courir chez Manlio. Tout plutôt que de rester dans
cette chambre muette. Elle se penche, ramasse ses
chaussures, entre dans la salle de bains. La lumière
crue du miroir lui renvoie un visage bouffi, une image
brouillée d'elle-même. Ce n'est pas le moment de relancer Manlio avec des poches sous les yeux, un
teint cireux.

Elle se verse un peu d'eau, qu'elle ne boit pas.
Dans le verre embué, elle entrevoit Josyane errant
toute seule dans les rues désertées et suintantes de
pluie. Évelyne frissonne d'inconfort. De remords.

Elle a fait à Josyane exactement ce que son
propre père lui a fait à elle, quand elle était enfant. Il
n'était jamais là, même quand il était présent physi-
quement.

L'amertume de se sentir négligée! La honte aussi
de manquer d'attention, de compréhension. On se
tient soi-même pour responsable. On se croit indigne d'être aimée. Comment faire, maintenant, pour
rattraper Josyane? Pour rattraper le temps perdu?

Évelyne aurait pu, cet après-midi. Josyane était
certainement venue à ce récital pour la voir. Elle était
pâle, elle avait l'air secouée. Et elle, Évelyne, l'avait
laissée partir. N'avait rien fait pour la retenir.

Pauvre Josyane.

Après la naissance de sa fille, Évelyne s'était lancée dans une carrière de professeur. S'émanciper de
Marcel, voler de ses propres ailes! La partie avait été
rude, la compétition inégale. Marcel l'écrasait, ses
efforts semblaient dérisoires. Réussira-t-elle jamais à
percer? À s'affirmer?

Elle s'était mise à travailler, à bûcher. Il ne lui res-
tait pas beaucoup de temps pour s'occuper de

l'enfant. Quand Josyane était petite, il y avait souvent une gardienne à la maison et la télé allait bon train.

Josyane se vengeait en n'étudiant pas. Marcel piquait des colères folles. Il fouillait dans les cahiers de sa fille, dénonçait ses fautes d'orthographe, ses erreurs de calcul. Il l'accusait d'ignorance crasse. Josyane ne savait pas écrire! Il s'en prenait à Évelyne, l'accusait de négligence. Elle lui renvoyait la balle.

Josyane aime son père, elle aime sa mère. Quelle balançoire! À force d'être ballottée entre ses affections, elle est devenue une adolescente insécure. Elle s'est faite *punk* ou *new wave* pour narguer ses parents. À la longue, ses amis sont devenus sa famille.

Ce soir, Josyane a téléphoné. Évelyne n'était pas là. Comme d'habitude.

Combien de fois Josyane l'a-t-elle appelée, ce soir et tant d'autres soirs, sans trouver personne au bout du fil, au bout de son cœur?

Évelyne est dégrisée. Il s'agit bien de courir après Manlio ou après les fantômes de Jean-Luc et de Marcel.

Josyane est là, à portée d'écoute. Elle, sa mère, se dérobe, ne fait rien pour l'aider. Marcel, avec son égoïsme et sa possessivité, est plus généreux. Remarié, il s'inquiète de sa fille depuis Paris. Tandis qu'elle... «Chimère». Il l'appelait «ma belle Chimère» quand ils étaient jeunes. Chimère, nom poétique qui ne rime pas avec mère.

Évelyne voit de nouveau les yeux cernés, le visage tiré de sa fille. Elle veut faire quelque chose.

— S'il n'est pas trop tard.

La petite voix sournoise n'a pas manqué d'agiter son grelot. Évelyne ne la connaît que trop bien. Pour ne pas l'entendre, elle enfonce deux boules de cire toutes neuves dans ses oreilles.

Demain, c'est juré, elle va s'occuper de sa fille.

○

C'est plus fort que lui, Jean-Luc sourit toujours quand il pense à Alicia. Elle a ce don de rendre les gens détendus, réceptifs, contents d'eux-mêmes, la meilleure façon de l'être aussi des autres.

Alicia est toujours calme. Elle va son chemin entourée d'un espace propre et d'un temps différent. Pour elle, la vie est un flux d'idées sans cesse renouvelées qu'elle aborde avec ardeur. Elle recrée sans cesse ses rapports avec les gens et les choses.

Ce qui étonne Jean-Luc, c'est la sûreté avec laquelle elle l'aborde, lui, comme si leur amour était déjà tout entendu. Elle agit comme si elle savait d'avance, toujours. Cela intrigue Jean-Luc et le dérange. Il est trop habitué à raisonner sur tout, et tout seul. Alicia échappe à son entendement.

Elle voit quelque chose en lui. Elle le veut en dépit de son aridité, elle le veut en dépit de lui-même. Voilà précisément ce qu'il refuse d'admettre: qu'on en décide pour lui. Comme sa mère, à l'époque. Il était fils unique. C'est elle qui l'a poussé vers le sacerdoce. Un alibi pour ne le partager avec personne? Avec aucune autre femme?

Elle avait flatté son goût de l'étude, son désir d'absolu. Jamais plus il ne se laissera orienter, manipuler. L'amour n'est pas un sentiment désintéressé. Les femmes prétendent le comprendre, le racheter. Et diriger sa vie. Elles veulent faire son bonheur à tout prix. Il se méfie d'elles mais il en a besoin. Raison de plus pour leur en vouloir.

Surgit devant ses yeux le visage d'Évelyne comme il l'a observé cet après-midi. Un visage intense et débordant d'attente. Et lui?

Il a évité son regard. Plus tard, il a serré sa main tendue en feignant de ne pas la reconnaître. Pourquoi ne lui a-t-il pas souri?

Jean-Luc ne se demande plus ce qu'aurait été sa vie s'il avait épousé Évelyne. Maintenant, il le sait. Il l'aurait regardée sans la voir, elle serait partie un jour en lui disant:

— Tu manques d'humour et d'humanité. Aurais-tu peur des femmes?

Il n'aurait rien trouvé à répondre. Il est égoïste, pontifiant? Tant pis. Il s'aime comme il est, il préfère sa propre compagnie. Épouser Alicia? Vivre avec elle?

Sa rencontre avec Évelyne lui a ouvert les yeux.

— Je suis lâche, admet-il. J'aime Alicia, sa compagnie m'est précieuse, je voudrais partager sa vie. Mais sans renoncer à la mienne.

La seule idée de vivre avec quelqu'un épouvante Jean-Luc.

Son année sabbatique touche à sa fin. Au cours des derniers mois, il a réussi à compléter son commentaire sur le *Paradis*, la partie la plus ardue de *la Divine Comédie*; l'ambition de sa vie. Le professeur B. l'a guidé et encouragé. Alicia aussi l'a aidé. Elle a effectué des recherches pour lui dans les archives de la ville de L'Aquila où Dante aurait brièvement séjourné, d'autres à la bibliothèque *Marciana* de Venise où elle a consulté *le Chansonnier* de Pétrarque. Les illustrations de cet ouvrage lui ont fourni mille détails pour ses descriptions de la vie civile et ecclésiastique au XIIIe siècle. Alicia est plus qu'une collaboratrice, elle lui fait don de sa créativité. Et elle l'aime.

Dans deux jours Alicia repartira pour le Canada, elle lui a demandé une réponse. C'est non.

Jean-Luc n'est pas fier de lui. S'il n'arrive pas à aimer Alicia au point de partager sa vie avec elle, c'est qu'il est incapable d'aimer. Un fruit sec.

Où Dante l'aurait-il mis? Dans quel tiroir du Purgatoire? Dans quelle case de l'Enfer?

La nuit est tombée. L'effervescence de Jean-Luc aussi. Évanoui son bel état de lévitation, l'euphorie l'a quitté. Et l'illusion, la présomption qu'il aurait pu, à lui seul, dévoiler le monde.

Où finit la vanité, où commence l'orgueil? Jean-Luc évoque ses aspirations passées, le foisonnement de ses idées et de ses projets de jeunesse. Il se sent tombé de haut. L'effleure, comme toujours, le sentiment d'avoir raté sa vie.

Lui qui cherchait l'infini, il a buté sur l'indéfini et sur l'incertitude.

Il accélère le pas, mais il n'a plus d'ailes. Demain, songe-t-il, sera comme hier et aujourd'hui. Vivre est un choix et on n'en finit jamais de choisir. Toute option, qu'on estime définitive, en implique une autre et cette autre en engendre une nouvelle. La vie est un brouillon qu'on écrit sans pouvoir le relire ni le refaire. Sans jamais savoir comment il finira.

Les premières gouttes de pluie l'atteignent de plein fouet. Jean-Luc court presque, il se hâte vers la maison de B., *il professore sublime,* comme le surnommaient ses élèves quand il avait trente ans.

Ce soir, il voudrait lui raconter Alicia, ses doutes, ses espoirs. Sait qu'il n'en fera rien. Il aurait l'air de se servir de Dante à des fins personnelles. Dante paravent, Dante prétexte.

plusieurs reprises à un cygne qui pêchait sous l'eau. Elle connaît le symbole. Lui aussi il a commencé à chercher.

Alicia marche d'un pas assuré. Elle débouche sur Fontanella Borghese. Le charme riant de la place opère.

Montent en elle, comme une projection de son cœur, les mesures de la symphonie concertante en Mi bémol majeur de Mozart. *Allegro. Adagio.* Les voix en alternance du hautbois et de la clarinette sont la sienne et celle de Jean-Luc. *Andantino con variazioni.*

Alicia est arrivée à son hôtel-pension. Elle tourne l'énorme clé dans la serrure vétuste. La serrure joue, la porte s'ouvre comme toujours, à sa surprise.

Avec Jean-Luc, ce sera demain ou jamais.

○

Josyane est tout oreilles. Sur le seuil de l'appartement d'en face, l'homme se tient immobile. Il la regarde, il lui dit quelque chose qu'elle ne comprend pas. Le nom de Mario, cependant, revient à plusieurs reprises. Le mot *telefono* aussi. Il ouvre la porte de l'appartement de Mario, l'invite à entrer.

Ça ne doit pas être la première fois qu'il recueille des amis de Mario, pense Josyane. L'a-t-il prise pour une personne déplacée cherchant un gîte pour la nuit? Accoutrée comme elle l'est! L'homme la salue et s'en va comme il est venu.

— *Buona notte.*

Josyane se laisse tomber sur un petit divan, elle appelle sa mère à l'hôtel. Le concierge, à l'autre

bout du fil, dit qu'on ne répond pas. Josyane raccroche. «Maman est encore sortie. Je l'appellerai
demain. Je lui dirai tout».

Elle ferme les yeux. Elle n'a plus la nausée. Elle
se sent bien, soudain. C'est bon, se sentir bien. Du
coup, la situation prend des couleurs moins noires.

Ce n'est pas Line, avec ses lunettes roses en
forme de cœur, qui ferait un drame pour un soupçon
de grossesse. Ni la petite Boucher, avec sa tuque
vert pomme et ses cheveux rasés.

Défilent devant ses yeux ses copains et ses copines du quartier latin. Line justement, qui joue aux
peintres incompris. Elle raconte, sans rire, qu'elle a
des idées comme personne n'en a au Québec. En attendant, ses *baskets* montants constellés de taches
de peinture semblent constituer le meilleur de son
œuvre. Et Daniel fait semblant de l'écouter. Daniel
fait toujours semblant de faire quelque chose;
l'étudiant engagé, le poète incompris, le philosophe
illuminé. Avec ses cheveux longuets et sa petite
barbiche, il aime se proclamer post-moderne et anti-
nucléaire. Il affecte, ce faisant, un accent traînant de
prêcheur écolo-biblique. Des enfantillages. L'assisté
social, c'est encore ce qu'il sait faire le mieux.

Aura-t-elle seulement envie de les revoir une fois
rentrée à Montréal? Josyane en doute. Mario lui
semble différent. Il est déjà un homme, un vrai. Elle
l'envie d'être cinéaste. Elle n'aimerait rien autant que
de participer au tournage d'un film. Pour le plaisir,
pour la curiosité. Elle ferait n'importe quoi, la script-
girl, l'habilleuse. Non, elle ne saurait pas. La coursière, alors, la cantinière. Elle le dira à Mario.

Les yeux de Josyane se font de plus en plus
lourds. Elle voudrait les écarquiller mais ses paupières se referment d'elles-mêmes.

plusieurs reprises à un cygne qui pêchait sous l'eau. Elle connaît le symbole. Lui aussi il a commencé à chercher.

Alicia marche d'un pas assuré. Elle débouche sur Fontanella Borghese. Le charme riant de la place opère.

Montent en elle, comme une projection de son cœur, les mesures de la symphonie concertante en Mi bémol majeur de Mozart. *Allegro. Adagio.* Les voix en alternance du hautbois et de la clarinette sont la sienne et celle de Jean-Luc. *Andantino con variazioni.*

Alicia est arrivée à son hôtel-pension. Elle tourne l'énorme clé dans la serrure vétuste. La serrure joue, la porte s'ouvre comme toujours, à sa surprise.

Avec Jean-Luc, ce sera demain ou jamais.

○

Josyane est tout oreilles. Sur le seuil de l'appartement d'en face, l'homme se tient immobile. Il la regarde, il lui dit quelque chose qu'elle ne comprend pas. Le nom de Mario, cependant, revient à plusieurs reprises. Le mot *telefono* aussi. Il ouvre la porte de l'appartement de Mario, l'invite à entrer.

Ça ne doit pas être la première fois qu'il recueille des amis de Mario, pense Josyane. L'a-t-il prise pour une personne déplacée cherchant un gîte pour la nuit? Accoutrée comme elle l'est! L'homme la salue et s'en va comme il est venu.

— *Buona notte.*

Josyane se laisse tomber sur un petit divan, elle appelle sa mère à l'hôtel. Le concierge, à l'autre bout du fil, dit qu'on ne répond pas. Josyane raccroche. «Maman est encore sortie. Je l'appellerai demain. Je lui dirai tout».

Elle ferme les yeux. Elle n'a plus la nausée. Elle se sent bien, soudain. C'est bon, se sentir bien. Du coup, la situation prend des couleurs moins noires.

Ce n'est pas Line, avec ses lunettes roses en forme de cœur, qui ferait un drame pour un soupçon de grossesse. Ni la petite Boucher, avec sa tuque vert pomme et ses cheveux rasés.

Défilent devant ses yeux ses copains et ses copines du quartier latin. Line justement, qui joue aux peintres incompris. Elle raconte, sans rire, qu'elle a des idées comme personne n'en a au Québec. En attendant, ses *baskets* montants constellés de taches de peinture semblent constituer le meilleur de son œuvre. Et Daniel fait semblant de l'écouter. Daniel fait toujours semblant de faire quelque chose; l'étudiant engagé, le poète incompris, le philosophe illuminé. Avec ses cheveux longuets et sa petite barbiche, il aime se proclamer post-moderne et anti-nucléaire. Il affecte, ce faisant, un accent traînant de prêcheur écolo-biblique. Des enfantillages. L'assisté social, c'est encore ce qu'il sait faire le mieux.

Aura-t-elle seulement envie de les revoir une fois rentrée à Montréal? Josyane en doute. Mario lui semble différent. Il est déjà un homme, un vrai. Elle l'envie d'être cinéaste. Elle n'aimerait rien autant que de participer au tournage d'un film. Pour le plaisir, pour la curiosité. Elle ferait n'importe quoi, la script-girl, l'habilleuse. Non, elle ne saurait pas. La coursière, alors, la cantinière. Elle le dira à Mario.

Les yeux de Josyane se font de plus en plus lourds. Elle voudrait les écarquiller mais ses paupières se referment d'elles-mêmes.

— Demain, je...

La pensée de Jean-Luc tourne court. Demain il pourrait choisir de rester à Rome, une bourse du Conseil des arts l'attend. Ou rentrer à Montréal et reprendre sa vie normale. Ou vivre avec Alicia. Demain, il devra décider.

Le déluge le rejoint.

○

Maintenant, autour d'Alicia, tous les guéridons sont occupés. La pluie terminée, la foule se répand de nouveau sur la place, on se croirait en plein jour.

Alicia se lève à regret. Il se fait tard, il faut rentrer. Demain sera une journée déterminante. Demain, à seize heures, elle a rendez-vous au Café Greco avec Jean-Luc. Elle jouera le tout pour le tout. Ou vivre ensemble, ou se quitter.

Elle refuse la précarité, l'indétermination. Ce n'est pas la patience qui lui manque, c'est le temps. Ils ont tous les deux un long chemin à parcourir. Comment le faire comprendre à Jean-Luc?

Elle l'aime, c'est par là qu'il faudra commencer. Elle l'aime, elle a besoin de lui. Le lui dire sans détours?

Cela ressemblerait à du chantage. Le chantage affectif n'est pas dans ses cordes. Elle l'a bien senti, cet après-midi, Jean-Luc est sur la défensive.

Alicia s'adresse des reproches. Elle n'a pas été sincère avec lui jusqu'au bout. Elle lui a dit dès le début qu'elle l'aimait. Mais de peur de l'effaroucher, lui a caché les motifs qui la poussent vers lui. C'est difficile à raconter, mais le temps est venu de le faire.

La croira-t-il exaltée ou faiseuse? Et s'il allait se sauver en courant?

Quand elle a été sur le point de mourir à Montréal, après sa fuite de Hongrie, il lui avait semblé basculer dans un devenir fascinant. Elle le dira à Jean-Luc. En quittant son corps, ce jour-là, elle s'était vue s'acheminant vers un état nouveau où tout devenait possible: jaillir plus vite que la lumière, franchir le mur du son, dévoiler son sur-moi. Accéder à un univers en expansion. Sa mort lui était apparue comme le début de sa vraie vie.

Il lui en était resté une impression de décalage entre elle et le monde. Une sorte d'imperméabilité aussi à la haine, à l'envie. Son regard sur les autres s'était modifié. Depuis, elle essaie de comprendre, elle ne juge pas. La méchanceté est le côté meurtri du bonheur. Elle accepte les gens comme ils sont. Elle est sur une autre rive.

Aveu insolite. Se taire serait plus simple. Pourtant, si elle ne parle pas, elle risque de perdre le seul homme qui compte pour elle.

Alicia a déjà tout perdu. Elle ne peut renoncer à lui. Il est ce qui lui reste de son passé. Elle l'a rencontré à la frontière de la vie et de la mort, mais il ne le sait pas. Il l'a reconnue, pourtant. Demain, elle se confiera.

Cette autre rive où elle se trouve, Jean-Luc l'a entrevue aussi. Il y aspire. Toute sa vie il a cherché à la rejoindre. Mais au dernier moment, il s'est retenu. Ce ne sont pas les femmes qui lui font peur. Ce qu'il craint si fort c'est d'arriver au bout de lui-même.

Demain, s'il le veut, il franchira cette distance, ils se retrouveront tous les deux sur le même horizon. Depuis quelque temps, elle lui envoie des messages informulés. Les reçoit-il? Il lui a confié avoir rêvé à

— Demain, je dirai à maman que... Et quand Mario va rentrer, je...

Josyane s'endort.

○

Le dîner est servi. C'est une hospitalité généreuse que l'on offre à Mario, l'hospitalité abondante et attentive d'un pays de montagne, froid, isolé, où l'on donne son cœur en même temps que son pain.

Les spaghetti *alla chitarra* trônent au beau milieu de la table. C'est une spécialité abruzzaise. On l'arrose d'un vin généreux, le *cerasuolo*. Les viandes sont cuites sur la braise, les fromages fondent dans la bouche.

On laisse parler Mario, ses hôtes sont discrets, Mario ne dira que ce qu'il veut bien dire. En revanche, on répondra à toutes ses questions. Ici, il se sent à la fois en paix avec lui-même et tout à fait hors du contexte. Peut-on revenir à Fontevecchia à son âge? D'ailleurs, revient-on vraiment quelque part une fois qu'on en est parti?

○

Comme la plupart des gens qui s'en vont, Mario a quitté Montréal parce qu'il n'était pas content de lui-même. L'idée d'aller découvrir la famille de sa mère n'était qu'un prétexte. En réalité, c'est lui-même qu'il cherchait. Pourquoi part-on sinon pour se connaître mieux?

Enfant, Mario allait rôder des heures au bord du fleuve.

Des bateaux venaient, d'autres repartaient. Le Saint-Laurent charriait ses rêves. Partir, partir! Il aura fallu qu'il vienne ici, dans ce monde si ancré de Fontevecchia, pour découvrir qu'il est sans amarres. Mais il n'est plus seul. Presque tout le monde, ici, était parti ou partirait un jour.

Mario sourit à la ronde par-dessus les assiettes et les verres. On lui rend son sourire. Le cousin s'informe:

— Et ce film? Tu as choisi tes personnages? Tout, ici, est à ta disposition, les gens, les bêtes et les maisons!

On rit, la glace est rompue.

— Nous commencerons le tournage dans trois jours, le temps d'aller à Rome, de rassembler l'équipe et le matériel. Nous irons tout d'abord à l'Anatella pour filmer les extérieurs.

— Peppino t'accompagnera, dit l'oncle en caressant la tête d'un neveu.

Peppino a le regard clair et le menton volontaire de Giuseppina. Quant à l'oncle, Antonina lui ressemble beaucoup. Lui aussi, il parle peu et il revient de loin — de beaucoup plus loin que l'Australie où il a passé une partie de sa vie.

— Et ta mère? demande l'oncle.

— Elle viendra, promet Mario.

Puis il ajoute sur un ton de confidence:

— J'ai trouvé quelqu'un qui lui ressemble, pour le rôle.

— À Antonina, dit l'oncle en levant son verre. Et à l'autre, ajoute-t-il, l'air fin.

— Aux présents et aux absents, répond Mario en vidant son verre d'un seul trait.

Josyane se glisse à table à côté de lui. Il lui semble la voir, lui parler.

Giusì, Vincenzo et Nina sont revenus.

○

Colette n'en finit pas d'observer les Romains. Ils l'intriguent, l'hypnotisent, la charment, la font pester. Ils sont si différents.

Le qualificatif reste en suspens: quel sens lui accorder? Mieux, a-t-il seulement un sens?

Les Romains ont trois amours dans leur vie: leur mère, leur progéniture, leur propre corps. Ce dernier est l'objet d'un véritable culte, comme dans l'Antiquité, alors que le corps était considéré une fin en soi. Après lui, le néant.

Jouir de la vie, vaincre la mort. La mère donne le jour, on se prolonge dans ses propres enfants. Entre-temps, chacun a son bateau à mener à bon port, une nef de chair et d'os, précieuse et inchangeable. Savoir en user, savoir en jouer, savoir en jouir. C'est toute une philosophie, païenne et pragmatique comme les Romains eux-mêmes.

Et la femme?

Différente elle aussi. Colette cherche à la résumer. Aisance, assurance. Une féminité immanente, presque palpable et qui passe la rampe. Plus qu'une façon d'être, un état.

C'est avant tout une instinctive, mais qui connaît à fond le grand jeu du calcul. Pour elle, le monde est une scène dont le rideau n'est jamais tiré. À quoi joue-t-elle? Elle ne joue pas, elle est elle-même. Elle jouit d'être femme. Son cœur a-t-il des raisons que notre raison ne connaît pas?

Et qu'est-ce que la raison? La Romaine, à son tour, nous trouve étranges selon ses propres critères.

Selon Colette, elle relève d'un code différent du sien, plus antique. Elle se souvient qu'il y a long-temps, ses ancêtres directes, l'Étrusque, la Grecque, la Crétoise, livraient leur corps poli aux soins des masseurs; que des esclaves soignaient leurs longs cheveux, les épandant en un fleuve soyeux, ou les dressant en de savantes architectures. Qu'elles far-daient leurs yeux et dessinaient leurs lèvres avec un art de magicienne.

La femme romaine en a gardé une mémoire obs-cure. Elle sait que se parer, être belle est plus qu'un privilège ou une prérogative. C'est un devoir envers elle-même et envers les autres. Une chose sacrée, un héritage du passé.

La Romaine existe en plusieurs versions, l'aristo-crate, la bourgeoise, la femme du peuple. Cette der-nière est la préférée de Colette.

La *popolana,* spontanée et directe, est d'une ver-deur exemplaire. C'est une *commara* qui ne mâche pas ses mots, ne se laisse pas dépasser par les évé-nements. *Vox populi.* On dit qu'elle parle gras, en fait elle parle dru et sans mystère. Son prosaïsme est inat-taquable, sa vitalité a quelque chose d'essentiel. C'est une Madame Sans-Gêne dans des tons rabelaisiens.

Les Romaines, de toutes les conditions, ont un dénominateur commun: elles adhèrent puissamment au réel.

Quant aux enfants...

Bienheureux les *bambini* en Italie, ce sont les enfants les plus aimés du monde. Les plus adorés au sens propre du terme.

En Italie, le *bambino* est roi. Il fait la loi. Vive le roi. On lui parle comme dans un chant, on lui murmure des je t'aime qui ont des rimes de poème. Ici la langue est un miel que les enfants sucent avec le lait de leur mère. On y dispose d'une infinité de noms pour désigner les enfants selon leur âge: *pupi, bimbi, bambini, pargoli, fanciulli* et *ragazzini,* sans oublier les variantes dialectales qui foisonnent dans chaque région: *cit* et *maznà* en piémontais, *putto* en toscan, *puteo* en vénitien, *piccirillo* en napolitain. À Rome l'enfant est *la creatura.* Il est le prolongement visible de ses parents, de sa famille, de son entourage. Il en est la projection et la démonstration. À la fois objet et protagoniste, il occupe un espace affectif étonnant.

Ce poids, cette dimension, ce privilège qu'il a d'être le nombril du monde l'accompagneront toute sa vie.

Colette ne s'y retrouve pas toujours, mais elle s'amuse. Elle a fait son apprentissage.

○

S'est-elle assez étonnée quand, pour la première fois, elle s'est trouvée enceinte. Attendre un enfant, ici, est toute une affaire, la maternité est un état de grâce. Du jour au lendemain, tout le monde lui souriait. Un coup d'œil rapide à sa taille était suivi immédiatement d'un regard d'approbation.

Les femmes plus âgées lui cédaient le pas, à elle l'honneur de franchir le seuil des salons la première. On lui ouvrait les portes, on s'effaçait devant elle. Colette était une reine.

Chacun s'enquérait, prévenait des envies: fraises et melon hors saison, friandises de toutes sortes, qu'elle était loin de ressentir. On lui eut donné la lune.

Le bébé est né. Ils arrivent pêle-mêle, parents et amis, chargés de fleurs et de compliments. Ils attendent. Que le petit ait faim, que sa maman l'allaite. Les premiers temps, Colette s'affole. Donner le sein devant le monde!

— Fais-les sortir! dit-elle à son mari.

Mais comment les faire sortir? Ils sont venus exprès. Colette s'exécute. Sourires à la ronde.

Immanquablement quelqu'un s'exclame dans un français chantant, dans un français charmant:

— La source de la vie...

À son troisième bébé, Colette s'y est faite.

○

Les enfants grandissent. Ils vont à l'école. Pour Colette, nouvel apprentissage. Ses enfants l'attendent à la sortie des cours, dans le troupeau pépiant des mamans. Elle leur doit d'être là. D'un coup d'œil ils apprécient sa mise, sa coiffure; lui savent gré de son élégance. Ils sont mortifiés si, par malheur, le temps lui a manqué pour se faire belle. Ce malheur n'arrive pas aux mères romaines.

Ils exigent et obtiennent, à l'occasion du carnaval, de beaux costumes de mousquetaire et de dame de cour. Ils paradent, petits masques enchantés et enchanteurs, lançant en l'air des volées de *coriandoli*.

Et maintenant?

Maintenant ils ont appris, elle et eux ensemble, ce qui se fait, ne se fait pas. Ce qu'il faut, ne faut pas. Les registres, les codes. L'unisson. Ils ont plus d'une corde à leur arc. Pour Colette ils sont un pont entre ici et ailleurs.

6

— *Ciao, mamma!* des bises à la ronde, tout le monde est levé.

Colette se secoue comme si elle sortait d'un rêve. Son papier lui semble loin.

Elle rit d'elle-même, elle rit toute seule. Ça lui arrive souvent.

— Maman, à quoi penses-tu?

Colette n'ose pas répondre qu'elle ne pensait à rien. Gratte-papier. Ses enfants le savent: écrire est son vice impuni. Comme flâner.

Le café embaume, c'est son mari qui l'a fait. La moitié de la famille s'entasse dans la cuisine.

Le matin, on mange par roulement, ça simplifie les choses.

— Aujourd'hui je ne serai pas là pour le déjeuner. J'ai rendez-vous avec des compatriotes. À La Rampa.

Son mari lui sourit:

— *Fai bene.* Amuse-toi.

Colette préparera quelque chose avant de partir. Tout le monde est d'accord. Le mari, les enfants s'en vont, qui au travail, qui à des cours.

Restée seule dans le désordre de la cuisine, elle sourit à ses fleurs à travers la porte-fenêtre, les caresse du regard. Les fleurs des cinq terrasses font partie de la famille comme autant d'enfants confiants,

157

impatients. Colette leur porte à boire, elle leur parle.
L'hibiscus lui a ménagé une surprise. Un gros petit
bourgeon a éclos cette nuit; gaine encore minuscule,
il grandira puis s'ouvrira, un jour et une nuit seulement, sur une fleur rose grande comme une soucoupe.
Une apparition. Chaque fleur est une épiphanie.

Colette est pressée. Elle doit ranger le salon,
sortir, faire des courses. S'habiller pour aller à La
Rampa. Elle décide d'apporter son texte tel qu'il est
à la poétesse. Juste pour le plaisir. «Ce n'est pas un
papier, c'est un livre qu'il faudrait écrire.»

○

La brise s'est levée mais le ciel reste blanc.
L'embellie durera-t-elle? Colette s'attarde sur la terrasse. Elle a chaud, un peu de sueur perle au-dessus de sa lèvre. Elle se sent prise d'un léger vertige.
La fatigue, peut-être. Cette nuit, le sommeil lui a
manqué.

Appuyée un moment sur le bord du muret, elle
respire profondément. Son texte continue à lui trot-
ter dans la tête malgré elle.

«Je viens d'ailleurs, je viens de loin. Il y a plus
qu'une mer et un océan entre ma terre natale et le
beau ciel d'ici.

«Dans mon pays, c'est le temps qui est différent.
Pas le temps qu'il fait mais le temps que l'on vit; le
temps qu'on sent déjà que l'on vivra demain. Chez
nous, tout commence. Ici, tout recommence.»

«Ce n'est pas un article, c'est...» Un livre.

Ce livre sommeille à l'intérieur d'elle-même, veut
sortir de ses limbes. Il vient peut-être de démarrer?

Une sorte de paresse légère engourdit Colette, la retient sur place. C'est un moment sans pesanteur. Elle s'y abandonne, ferme les yeux. Le ciel, à l'improviste, entre en elle. Cela ne dure qu'un instant, cela ressemble à du bonheur. C'est pour cela qu'elle écrit. Demain?

Demain, elle continuera.

○

Un appel de Josyane réveille Évelyne. Il fait jour dans la chambre.

Elles commentent le remariage de Marcel.

Josyane est sereine, sa voix est détendue. Évelyne est soulagée, lui demande si tout va bien.

Oui. Elle a plein de choses à raconter. Quand se verront-elles?

Vers treize heures, à l'heure du déjeuner.

Elles se donnent rendez-vous à La Rampa, un restaurant aux alentours de la Place d'Espagne.

— Nous mangerons avec la poétesse et mon amie Colette. Tu les as rencontrées hier, au Centre Culturel.

Onze heures!

Évelyne a compensé sa mauvaise nuit et les fatigues de la veille par une grasse matinée. Vite, se laver, s'habiller. Prendre un café.

Ce matin, elle se sent comme Josyane. Détendue. L'eau tiède coule sur sa tête, sur son dos. Ne pas oublier d'expédier un télégramme à Marcel. «Mes souhaits de bonheur très sincères.» Pauvre Marcel, il n'en pouvait plus d'être seul.

«Toi, tu ne m'as jamais aimé.»

La main d'Évelyne ralentit son va-et-vient, l'éponge s'arrête sur son sein. Un jour, à l'issue d'une querelle particulièrement dévastatrice, Marcel lui avait lancé cette accusation. Il parlait sans bruit, sans un cri, comme s'il avait eu honte. Honte pour elle. En cet instant elle avait eu honte, elle aussi. C'est vrai, elle ne l'a jamais aimé.

Elle n'est jamais parvenue à oublier Jean-Luc. Avec Marcel, croyait-elle, l'amour serait venu avec la gratitude. L'amour n'est pas venu, la gratitude s'est envolée. Marcel s'est transformé en tyran. Se libérer de lui.

C'est fait.

Évelyne verse du shampooing moussant sur ses cheveux. Elle n'en finit plus de les masser, de les frictionner. Marcel mérite d'être heureux. Et elle?

De nouveau ses mains s'immobilisent, ses cheveux s'aplatissent. Le cœur d'Évelyne aussi. Un vieux doute fait surface. Si elle n'avait jamais distancié la jeune fille, puis la jeune femme romanesque qu'elle avait été? Qui accusait Jean-Luc d'avoir gâché sa vie. Marcel aussi. Le premier lui a brisé le cœur, le second lui a coupé les ailes. Des alibis? A-t-elle seulement un cœur? Est-elle même capable de marcher toute seule?

Évelyne rince ses cheveux avec une surabondance d'eau. Qui est trop chaude, qui est trop froide. Le thermostat est détraqué. Elle se brûle, elle grelotte. Elle a froid en dedans.

Si elle n'aimait que des hommes qui ne l'aiment pas, comme Jean-Luc, comme Manlio? Ou des hommes qu'elle ne sait pas chérir?

Elle sort de la douche, entreprend de se sécher. Le Père Francœur est un fantôme oublié. Que va-t-elle donc chercher? Entre elle et lui, il n'y a jamais rien eu, tout s'est passé dans sa tête.

Elle était comme hantée, à l'époque. Elle le traquait partout. Passait et repassait, cœur battant, joues en feu, sous sa fenêtre. S'ingéniait à se mettre sur son chemin. Elle pensait à lui jour et nuit, elle inventait des scénarios impossibles.

Elle tombait sur la glace de la chaussée, elle s'évanouissait pour se réveiller dans ses bras, c'est lui qui l'avait secourue. Ou bien il traversait la rue, distrait, ne voyant pas un bus qui fonçait sur lui; elle se précipitait, le poussait juste à temps de côté pour finir sous les roues monstrueuses à sa place. Elle mourait en souriant, il la regardait en pleurant. Pour lui, elle se serait fait couper en petits morceaux. Serait passée dans le moulin à viande ou dans la machine à moudre le café. Avait bien dû l'empoisonner. Mais lui, il ignorait son manège. Elle n'existait pas. Et s'il avait feint?

Hier, le regard qu'ils avaient échangé était rempli de messages sous-jacents. Et durant le récital, n'a-t-elle pas senti constamment le feu de ses yeux sur sa nuque? Comme elle voudrait tirer les choses au clair! Jean-Luc l'obsède plus que jamais.

Sa tête brûle. C'est le sèche-cheveux. Sa main s'est immobilisée trop longtemps sur sa tempe. Se brûler pour Jean-Luc, c'est trop bête. C'est trop bête se brûler pour quiconque. Même Manlio.

Manlio ne lui a jamais dit *Ti amo,* je t'aime, je te désire, je suis fou de toi. Mais *ti voglio bene,* je t'aime tellement. Italien, Manlio départage l'amour passion de l'amour sentiment. Elle lui en a toujours voulu de ne pas lui dire *Ti amo.*

L'an dernier, pourtant, elle s'était montrée avec lui sans conflit ni complexe. Elle avait aimé sans se regarder aimer. Ils avaient partagé, tous les deux, le plaisir d'exister et la conscience intime de cette plénitude.

Manlio ne la prenait pas, il la rendait à elle-même. Avec lui elle oubliait de s'observer, elle était merveilleusement elle-même. Et lui?

Lui aussi. Subtilement, intensément lui-même. Un étranger qu'elle chérissait transitoirement, qui ne lui appartenait pas. Un amour sans avenir. La banalité des mots amuse Évelyne. Où est passée sa colère, sa vindicte de la veille? Elle concentre son attention sur sa brosse. Si seulement elle avait eu le temps d'aller chez le coiffeur!

Midi! Ses cheveux sont secs. Quelle robe choisir? Elle n'a pas besoin d'aller à la fenêtre pour savoir qu'il pleut, l'eau crépite dans la gouttière. Depuis son arrivée, il pleut tous les jours, Puis le soleil fonce sur la ville. On le croit là pour de bon, la pluie revient à l'improviste.

Une tailleur fera l'affaire. Et des chaussures de marche. Évelyne aura peut-être le temps de s'acheter un parapluie, elle en a vu de très jolis à deux pas de l'hôtel. Non, elle n'aura pas le temps. Elle a faim, elle n'a pas encore eu son café. Il est midi trente. En se dépêchant un peu...

On frappe à la porte. C'est un immense bouquet. Non, un plant de gardénias comme elle n'en a jamais vu. Un billet l'accompagne. Un billet de Manlio. Il viendra la prendre ce soir, à vingt heures. Ils auront la soirée pour eux seuls. Ils iront où elle voudra, ils feront ce qu'elle dira. Il est désolé pour hier soir. Très désolé. Il l'embrasse.

Ti voglio bene.

Elle l'embrasserait, elle aussi. Le parfum des gardénias a envahi la chambre. Un amour sans avenir? Le saisir à l'instant avant qu'il ne s'échappe.

Évelyne referme la porte sur les fleurs et sur le désordre de la chambre. Sur sa nuit blanche. Sur Marcel, sur Jean-Luc. Sur elle-même comme elle était hier après-midi.

Elle court presque. L'appétit l'aiguillonne. Elle a hâte de revoir ses amies. Hâte, surtout d'embrasser sa fille.

○

Alicia fait sa valise. Elle plie soigneusement ses corsages, ses jupes, jauge les espaces vides, les remplit d'écharpes, de mouchoirs, de livres. Le vide est l'ennemi des valises.

Le vide! Demain le départ, l'avion. Quitter Jean-Luc. Reprendre avec lui le train-train habituel quand il sera de retour. Quelques concerts, une recherche en commun, des opinions partagées.

Elle ne veut pas inspirer Jean-Luc, elle veut cheminer avec lui.

Des yeux, Alicia inspecte la chambre. Rien sur le lit, sur le dessus de la commode, tout a été rangé. Mais le contenu de la valise reste lâche. Si elle ferme le couvercle tout, à l'intérieur, risque de glisser et de s'éparpiller. Que faire pour l'étayer?

L'essai de Jean-Luc. Volumineux, bien tassé, ses feuillets dactylographiés lui serviront de cale.

Elle le retire de son fourre-tout, l'empile sur ses robes, ses notes, sa trousse de toilette. Le Paradis par-dessus le quotidien.

Dante qui vient à son secours! Elle ne l'aurait jamais cru.

○

Jean-Luc raccroche le combiné C'était B.

Il est fier de Jean-Luc, son commentaire lui a plu. Sa traduction du Paradis aussi. Un peu libre et désinvolte, mais efficace. Puis la documentation lui a paru excellente.

— Complimenti!

Jean-Luc est ravi, il voudrait partager sa joie avec Alicia, les compliments aussi. Ne lui est-il pas redevable d'une partie essentielle de la documentation?

Des yeux, il caresse son *Essai*. Autant il était déprimé, la veille, autant il est optimiste aujourd'hui. Son ami B. a approuvé son travail, il assistera à ses deux conférences, l'une au Centre culturel canadien, l'autre à la Délégation du Québec.

Jean-Luc prend un feuillet dactylographié au hasard. Il veut se lire à haute voix, mastiquer ses propres mots qui lui ont coûté tant d'efforts.

Né creator né creatura mai, figliuol, fu sanza amore.

Ni Dieu ni personne, mon fils, ne peut se passer d'amour.

Jean-Luc a tiqué. Alicia! Pourquoi ce vers du Purgatoire vient-il gâcher sa joie? Ce n'est qu'une simple citation, quelques mots en exergue pour amener son sujet. Pourquoi a-t-il fallu qu'il tombe sur ce passage?

Il repose le feuillet, referme son *Essai*. Il révisera plutôt le texte de sa prochaine conférence.

«Monsieur le Directeur, Monsieur le Délégué général, Mesdames, Messieurs.

«Je voudrais vous parler de Dante Alighieri. Mais je vous dois une confidence: on ne parle pas de

Dante, on lui laisse la parole. Sa voix est si puissante qu'elle couvre la nôtre. Dante nous prend par la main, nous conduit là où il entend nous mener. Le parcours est long, tortueux, mais à la fin, il débouche au Paradis.»

Ennuyé, Jean-Luc repose sa première page, glisse la conférence dans sa serviette. Alicia le poursuit. Ce matin tout se retourne contre lui. Même Dante.

○

Josyane est indifférente à la foule, aux cahots. Un bus l'emmène au rendez-vous de sa mère, près de la place d'Espagne.

Mario l'a appelée ce matin, de Fontevecchia. Il sera à Rome un peu avant quatorze heures. Voulait-elle déjeuner avec lui?

— Oui. À La Rampa.

— J'ai des choses à te dire.

— Moi aussi.

Cinéma! Mario avait prononcé le mot magique. Il a un rôle pour elle dans son film. Le rôle de Nina.

Nina, Fontevecchia, cinéma. Josyane ne se tient plus d'impatience, elle voudrait être déjà avec Mario. Pour l'embrasser. Pour en savoir davantage. Pour commencer à être Nina.

Non, Josyane.

○

Le *Land-Rover* file sur l'autoroute. Mario est ému plus qu'il ne voudrait l'admettre. Il est tombé amoureux de la façon la plus banale qui soit. Mais y a-t-il trente-six façons de tomber amoureux? Et plus d'une manière, pour une jeune fille, d'attendre un enfant? Son cœur se serre.

Josyane a passé la nuit dans son pied-à-terre de *viale Eritrea*. Lui a confié ses inquiétudes. Elle a peur d'être enceinte. Elle l'est peut-être. Comme Giusì, à l'époque, sa grand-mère, la mère de Nina. *Poveretta!*

La vie, songe Mario, a d'étranges détours. Elle se répète, recommence. Rebondit. Un film. Du cinéma.

Ainsi, elle est peut-être enceinte. Mais cela n'est pas prouvé. S'en assurer, justement. Il l'emmènera chez un médecin sans tarder. Aujourd'hui!

L'histoire ne doit pas se répéter. Sa grand-mère, sa mère ont trop souffert. Il aidera Josyane. Il la sauvera!

Le mot le fait sourire. Le voilà qui se prend pour un chevalier! Il se sent bête. Il s'est attaché à Josyane, mais il a oublié de le lui dire. Il l'aime.

Elle aussi. Ils se sont compris à demi-mot. Il complétera sa pensée cet après-midi.

Sa pensée? Le mot fait rire Mario. Il s'agit bien de pensée!

7

Assises devant une nappe à carreaux, elles se regardent et refont connaissance.

Évelyne observe Colette.

La parole en bouche, de l'assurance, c'est elle et ce n'est plus elle.

— Je te trouve italianisée.

— La coupe de cheveux y est pour quelque chose. Le soleil aussi. Je vis à Rome depuis longtemps.

— Cela se sent, dit la poétesse.

Colette rit.

— Je parle français avec l'accent italien et italien avec l'accent français.

— Et dans ta tête, quelle langue parles-tu?

La poétesse est curieuse. Très discrète aussi. Elle pose des questions avec l'air de n'y pas toucher, juste ce qu'il faut pour aiguiller la conversation dans le sens qu'elle désire. On la sent à l'écoute des autres, à l'écoute de tout.

— Quand je me parle à moi-même, je le fais en français.

○

Évelyne, Colette, la poétesse déjeunent ensemble. Josyane est de la partie. Le restaurant fait un peu boîte à touristes mais le menu est varié, le décor amusant. L'illusion d'être ailleurs.

Le plafond est surélevé. Au sommet, des balcons fleuris, des fenêtres agrémentées de cages d'oiseaux. Du linge sèche sur une corde. On n'est plus dans une *trattoria* mais sur une placette de la Rome d'autrefois. Des gens entrent à pleine porte. Va et vient des garçons.

Évelyne ne reconnaît plus Josyane qui sourit maintenant comme une enfant qui prépare un bon tour.

— C'est peut-être ce cinéaste dont elle parlait hier, songe Évelyne.

— Elle doit être amoureuse, pense la poétesse. Elle aussi a remarqué l'air heureuse de Josyane.

La réponse de Colette est restée en suspens, la poétesse la reprend:

— Donc, tu penses en français mais tu parles en italien. C'est difficile?

— Enrichissant. L'italien est une langue plastique, multiforme.

— La langue de la poésie et de l'amour. C'est vrai?

Le mot amour ramène Josyane sur terre. Mario! Elle sourit de plaisir. Tout a changé depuis hier. Le monde entier l'écoute. Sa mère aussi. Sa mère surtout. Est-ce le contexte nouveau? Rome comme toile de fond? C'est comme si elle la voyait pour la première fois.

Évelyne, consciente de l'attention de Josyane, lui rend son sourire. Elle aussi, c'est comme si elle voyait sa fille pour la première fois.

— Qu'est-ce que tu me disais au sujet de ton amie Lucette? Son mari part demain la rejoindre à Montréal? Tout va bien, alors.

— Non. Andrea devra revenir à Rome. Ses parents sont malades, ils comptent sur lui.

— Alors il ramènera Lucette et leur petit garçon?

— Lucette ne reviendra pas. Il faut l'aider.

— De quelle façon?

Josyane a un plan qu'elle explique à sa mère. De son côté, Colette suit son idée qu'elle expose à la poétesse.

— Avec la langue italienne, dit-elle, on peut jouer sur tout, même sur les verbes. Prenez le mot maison. Casa. Il se laisse modifier de douze façons. Selon le suffixe ajouté, la maison sera petite, intime, grande, disproportionnée, belle, misérable, citadine, campagnarde. Enviable, méprisable, attendrissante:

Casa, casina, casetta, casettina, casuccia, casone, casaccia, casale, casaletto, casino, casupola, casupolina...

Évelyne est prise entre deux feux, partagée entre l'envie d'écouter Colette et celle d'entendre Josyane. Pour une fois qu'elle se confie à elle! Il a dû se passer quelque chose, hier soir. En Grèce aussi. L'écouter. La laisser parler. Elle lui demande, en tournant le dos à Colette et à la poétesse pour ne plus suivre leur conversation:

— Si Andrea doit rester à Rome et Lucette à Montréal, quelle est la solution?

Josyane se sent tellement bien aujourd'hui. Elle va plaider la cause de son amie Lucette, elle plaiderait la cause du monde entier.

— Ce qu'il faut à Andrea c'est un bon emploi à Montréal. Tout de suite. Il pourrait envoyer de l'argent à ses parents, peut-être les faire venir.

— Un bon emploi. Avec la crise! A-t-il des qualifications? Parle-t-il le français? Tu ne m'as pas dit qu'il a un frère au Canada?

— Il a un frère, mais...

Josyane est de nouveau lancée. Sans le vouloir, Évelyne tend l'oreille du côté de Colette.

Piccolo, piccolino, piccolissimo, piccoletto, piccolettino, piccoluccio, piccino, piccinino. L'italien se parle au gré de l'humeur et de l'humour. On passe du diminutif tendre ou méprisant au superlatif goguenard ou admiratif sans oublier le péjoratif comique ou franchement insultant, l'exagératif, le commisérateur, le minimisateur.

Le frère d'Andrea est gentil mais... Il a une femme charmante, pourtant... Et trois enfants qui parlent surtout anglais.

Évelyne se sent légèrement dépassée. Sa tête tourne, elle meurt de faim. Le *cameriere* a apporté l'eau, le vin et le pain, mais tarde à venir.

— Rien à faire, conclut Josyane. Le frère d'Andrea vient de s'installer à Hamilton.

— Pour les femmes, c'est Colette qui parle, l'italien est une langue gratifiante. Une langue qui leur est tout acquise. En Italie on n'a pas besoin de féminiser le nom des professions, ils l'ont toujours été. Une femme écrivain est *una scritrice,* une femme peintre, *una pittrice,* une femme docteur, *una dottoressa* et une femme professeur, *una professoressa.*

Colette a dit ces derniers mots en se tournant vers Évelyne. Elles se sourient toutes les deux pardessus la table. Leurs anciennes connivences, les lectures partagées, leurs grandes et petites confidences, tout fait surface pêle-mêle. C'est vrai qu'elles n'ont pas tellement changé. Dans le fond, on ne change jamais, on évolue.

— Je trouve l'italien musical et facile, dit Évelyne.

— Facile à comprendre. Quant à le bien parler, c'est autre chose.

Le garçon choisit ce moment pour reparaître, un menu à la main.

— *Se le signore voglione scegliere...*

Colette adresse un clin d'œil à ses amis. Le garçon a parlé à la troisième personne, au féminin et au pluriel. C'est plus élaboré que le vous et le *you*. Quant à l'emploi du subjonctif dans le concordance des temps, c'est chose courante. «Je souhaitais que vous vinssiez», «Il ne voulait pas qu'elles approchassent», *et cœtera, et cœtera*.

Le menu, heureusement, est au présent. Et trilingue. La poétesse en profite pour se faire une culture. Toujours curieuse et avide d'apprendre. Les mots, les mots, une gourmandise! Les mots, d'ailleurs, sont tout. Ce n'est pas l'esprit qui détermine la langue, c'est la langue qui façonne l'esprit.

Au garçon, Colette répond qu'elles ont choisi. C'est loin d'être vrai. Tant pis.

— Mes amies sont étrangères, elles veulent des spécialités locales.

— Spaghetti à la carbonara, agneau rôti, artichauts à la romaine. Vin des Castelli.

Le garçon a compris.

— Pas pour moi.

Tout le monde regarde Josyane.

— Je mangerai plus tard. J'attends quelqu'un. Maman, aurais-tu un jeton?

C'est Colette qui produit le jeton, elle en a toujours quelques-uns dans le fond de son sac. Josyane file vers l'escalier. Le téléphone est en haut, à a mezzanine. Sa mère la suit des yeux. Josyane, si mince, a le derrière en forme de mandoline. C'est une fausse maigre. Colette aussi observe Josyane. La fille de son amie de jeunesse. Elle la trouve émouvante. Des yeux de velours, le bassin qui ondule. Du tempérament.

Colette est toujours émue quand elle rencontre de jeunes Québécoises. Elles lui rappellent celle qu'elle a été, celle qu'elle ne sera plus. Celles qui ont grandi au pays alors qu'elle-même en était loin: une tranche de vie escamotée. Une tranche d'histoire aussi. Ça lui manque.

À la mezzanine, il fait chaud. Josyane compose le numéro de Mario. Il ne répond pas, il doit être en route. Ce matin, au téléphone, ils se sont donnés rendez-vous ici, à La Rampa. Il tardera un peu, ne sera pas là avant deux heures, deux heures moins quart. Elle l'appelle quand même, pour le plaisir.

Vu d'en haut, le manège des garçons l'ébahit. Ils glissent entre les tables en portant sur chaque bras une demi-douzaine d'assiettes pleines. Des rayons de soleil furètent dans les coins sombres, une touffeur joyeuse monte vers les solives. Josyane repère sa mère entre ses deux amies. Tiens, quand elle n'est pas là, sa mère a l'air plus jeune. Est-ce elle qui lui donne des rides? Elle ne voudrait pas. Sa mère, elle l'aime bien. Sa mère est comme elle qui cherche à bien faire, se trompe, recommence. C'est facile de se tromper, Josyane le sait maintenant.

Il fait chaud à la mezzanine. En bas, dans le restaurant, il y a trop de bruit. Elle attendra Mario dehors, au milieu des gens qui mangent sur la terrasse. Elle le verra venir, elle ira au-devant de lui.

Josyane redescend l'escalier, avertit sa mère au passage, attrape un petit pain au vol. Elle court vers la sortie, se heurte à des clients qui entrent, s'efface pour laisser passer un *cameriere,* s'attarde devant la montagne de succulences exposées à l'entrée.

Josyane n'est plus seule. Mario s'en vient.

Le garçon reparaît précédé d'un fumet pénétrant. Il pose une assiette comble devant chacune des femmes:

— *Gli spaghetti alla carbonara.*

— Les spaghetti du charbonnier, traduit Colette, à base d'œuf, de fromage et de lard.

— On mange du lard à Rome? s'étonne la poétesse.

— La cuisine romaine est une cuisine de pauvres. Ça ne l'empêche pas d'être savoureuse. Avant, on mangeait tout: la langue du veau, la queue de la vache, les tripes.

— Mais les Romaines sont mincettes!

— Elles se sont mises au régime. Je me les rappelle, à l'époque, moulées dans leurs jupes pelure. Le buste avantageux, la hanche prometteuse, c'était le triomphe de la femme épanouie, bien en chair.

— C'était le temps de *La dolce vita.*

— Et celui des scooters. Il fallait voir les petits couples d'alors. Le garçon en avant, cheveux au vent, conduisait en frôlant les passants. La fille s'abandonnait en arrière, les yeux fermés, le serrant à bras-le-corps. Maintenant, son scooter, elle le conduit toute seule.

— Le féminisme est passé par là.

— Et la contestation. Depuis le mois de mai 1968.

Josyane revient. Elle est toute seule. Et affamée. Évelyne lui abandonne la moitié de son assiette. Elle lui demande, en aparté:

— Tu attends ton cinéaste?

— Lui-même.

Josyane s'amuse, elle laisse sa mère mijoter dans sa curiosité. Au lieu de lui parler de Mario, elle demande, entre deux bouchées:

— C'était comment, la contestation?

— Véhémente. Les universités occupées, les professeurs conspués, les étudiants divisés. J'ai vu le début de l'occupation, j'étais inscrite à l'université. Je suis partie quand les batailles rangées ont commencé. On s'entretuait.

— Pourquoi?

— La lutte contre le pouvoir en place est devenue une lutte envers et contre tout. Ceux qui n'étaient pas pour étaient contre. Quoi, au juste? Ce n'était pas toujours clair, mais tout le monde s'impliquait: les ouvriers, les bourgeois, les intellectuels.

— La violence était devenue une idéologie, intervient Évelyne. On la prêchait à l'usine, on l'enseignant à l'université. C'était la «culture de la terreur».

— Il y a eu des retombées dans le monde entier. Ça ne devait pas être drôle tous les jours, ici.

— Il y a eu des moments difficiles, dit Colette.

Évelyne se tourne carrément vers Josyane. Elle a décidé de prendre le taureau par les cornes:

— Dis-moi son nom.

— Il s'appelle Mario. Je l'ai connu sur l'avion. Il est italo-montréalais. Il veut tourner un film dans les Abruzzes.

Josyane se tait. Mario ne lui a rien promis, a seulement laissé entendre qu'il pense à elle pour un rôle dans son film. Elle en tressaille d'espoir, mais elle se tait. Sa mère la regarde avec insistance. Avec affection.

Ça fait drôle de parler à sa mère dans un restaurant romain. Elle semble plus proche d'elle, ici, qu'elle ne l'est à la maison.

— Maman...

Josyane s'interrompt. Elle voulait dire quelque chose de gentil à Évelyne, mais elle vient d'apercevoir Mario. Il s'avance vers elle, le pas souple, l'air dégagé, l'air de quelqu'un qui sait ce qu'il veut.

— Maman, je te présente Mario.

Le garçon est blond roux et a les yeux gris. On imagine toujours les Italiens très bruns et avec les yeux noirs. Évelyne sourit à Mario, elle sourit à Josyane. En voilà un qui n'est ni *punk* ni *tramp,* ni hirsute ni tondu.

○

Colette détaille le contenu de la salade printanière, — *la misticanza,* au profit de la poétesse. Il y a de la roquette, du basilic, de la fenouillette, de la chicorée sauvage. Quelques brins de cresson. Colette arrose la salade d'huile d'olive et de jus de citron. Elle fait signe au garçon d'apporter d'autre vin, réclame le menu, se tourne vers Josyane:

— Qu'est-ce que vous choisissez?

Josyane est embarrassée. Mario lui vient en aide:

— Si on prenait un *Carpaccio?*

Va pour le *Carpaccio.*

Josyane présente Mario. Il se récrie: Qu'on ne se dérange pas pour lui. Surtout, qu'on n'interrompe pas la conversation.

— Colette parlait des années 70.

— Les années de plomb. C'est le titre d'un film allemand. On pourrait tourner son pendant en Italie. À l'époque, l'Italie faisait la une des journaux du monde entier. Ce qui m'intéresse, comme cinéaste, c'est le quotidien, la vie des gens au jour le jour durant cette période. Comment vivait-on à Rome durant les années de plomb?

— C'est une question qu'on m'a souvent posée. Dans le temps, tout le monde me pressait de rentrer au pays:

— Vous n'avez pas peur de rester en Italie? Vous aurez la guerre, la révolution!

On l'a eue. La guérilla urbaine, les Brigades Rouges. Les rapts, les attentats. On enlevait les chefs d'État, on assassinait les magistrats, on tirait sur les journalistes. La télévision déversait des images navrantes. Mes enfants, tous les enfants, étaient perturbés:

— Pourquoi, pourquoi? «À bas les uns», «À mort les autres.» Les murs de Rome en voyaient de toutes les couleurs, les gens aussi. La violence s'étalait partout. Les murs des édifices étaient barbouillés de slogans, de menaces, de symboles enchevêtrés. Noirs, rouges. Le Noir contre le Rouge, le Rouge contre le Noir. Le Rouge contre le Rouge. À la fin, faute d'espace, on les écrivait les uns par-dessus les autres. On ne pouvait plus les distinguer les uns des autres, les extrêmes finissent toujours par se confondre.

— Et vos enfants, que devenaient-ils?

— En ce temps-là, si on n'était pas gauchiste par conviction ou par opportunisme, on était fasciste, on vous le lançait à la figure. Comme si le milieu — la démocratie, avait cessé d'exister. La vie pouvait être compliquée même au niveau de la petite école! Tout était politisé, il fallait prendre position tout le temps, les enfants comme les adultes.

— C'est-à-dire?

— À chaque niveau scolaire, il fallait choisir des représentants, une liste électorale. Et voter. Affronter les groupes adverses à la sortie des cours.

— Et dans la rue?

— Des manifestations. À propos de tout et de rien. On savait quand on sortait de la maison. Quant au retour... Les cortèges, les rassemblements paralysaient le trafic, coupaient la ville en deux. D'un côté, les cocktails Molotov, de l'autre, les bombes lacrymogènes.

— Comme en France, comme en Allemagne.

— En Italie, le mois de mai 1968 a duré plus de dix ans.

— Justement. Quelle impression cela vous faisait-il, jour après jour?

— L'impression d'être manipulés, on ignorait par qui. Italie violente: Italie violentée. Le monde s'effritait. Les valeurs dans lesquelles nous avions toujours cru semblaient pulvérisées. L'honnêteté était devenu un mot périmé. «Avoir des principes» était désormais une expression à éviter. Pire, les principes eux-mêmes étaient devenus tabous. Il valait mieux ne pas en avoir. Surtout, éviter d'en donner à nos propres enfants.

On avait des scrupules, parfois, à l'idée de les avoir éduqués dans le respect des autres et de soi-même. On nous prévenait: «Prenez garde, vos enfants ne seront pas adaptés au monde qui les attend!»

— C'était encourageant!

— Il fallait marcher à contre-courant, refuser la tricherie et l'opportunisme.

— Cela fonctionnait?

— On l'espérait. On l'espère encore.

— Tu ne nous as toujours pas dit quelle impression cale te faisait, demande Évelyne.

— Celle d'être au cœur des événements, en première ligne. L'Italie est souvent à la pointe de tout, du meilleur comme du pire.

Évelyne insiste:

— Tu ne craignais pas un peu pour tes enfants, pour ta famille? Est-ce qu'on s'habitue?

— On s'habitue à tout: aux mouvements de foule, à la présence d'hommes armés, la mitraillette braquée, aux rideaux de fer des boutiques verrouillées avant l'heure. On se fait aux trottoirs désertés, aux carrefours engorgés et aux voitures piégées quand on manifeste, les poings levés. Et on est content si, pendant une semaine d'affilée, les écoles, les postes et les hôpitaux fonctionnent.

Si une escarmouche vous bloque pendant des heures, vous vous estimez heureux, en fin de compte, de n'y avoir laissé rien d'autre que votre temps et votre patience. Vous venez de croiser un cortège sinistre. Paul VI pendait à une potence, Aldo Moro brûlait sur un bûcher. Le lendemain, les journaux faisaient le décompte des morts et des blessés.

— Tu as des souvenirs particuliers?

— Je me souviens d'un samedi, tôt le matin. J'avais pris le métro pour aller dans le centre ville. À la première station, le wagon est pris d'assaut par une bande d'adolescents. Ils «marchent» sur la place de la République, ils s'en vont participer à une grande manif. En réalité ils font l'école buissonnière et ils mènent grand tapage en s'amusant beaucoup.

Dans le plus fort de la cohue une voix s'élève:

— Aujourd'hui on s'en prend à qui, aux radicaux ou aux carabiniers?

Ils ne savaient même pas contre qui ils partaient en guerre!

La manifestation tourne mal, ce samedi d'octobre 1976. On s'empoigne, on se tue, une émeute. Les écoliers partis taper à l'aveuglette sont peut-être ren-

trés chez eux avec un peu plus de plomb dans la
tête. Ils auraient pu ne pas rentrer du tout.

— Tu n'as pas répondu à ma question, redemande
Évelyne. On s'habitue ou on ne s'habitue pas?

— Le premier choc passé, l'émoi s'émousse, la
vie continue. Entre-temps, on a pris conscience de la
réalité, on a réagi à la peur. On s'est dit: «Quand
tout le monde aura perdu la tête et l'espoir d'en sortir, l'«éversion» aura gagné. Surtout, ne pas céder.
Partir, ce serait «leur» laisser le champ libre. Il ne faut
pas: c'est précisément ce qu'«ils» veulent.»

L'Italie a tenu le coup.

— Alors, on s'habitue?

— C'est vrai, on s'habitue à tout: au danger la-
tent, à la précarité. Il n'y a qu'à Rome qu'on ne
s'habitue pas.

On ne s'habitue pas à Rome, en ce sens qu'y
vivre n'est jamais banal: on y fait tout en grand, les
scandales comme les monuments.

— Et les Romains?

— Ils ne font pas de drames. Ils s'organisent.
Contre le défaut des services, les carences de
l'administration. L'État est souvent absent, il faut y
suppléer. Chacun s'invente des stratégies.

— La *famiglia?*

— Oui, le remède a toujours été la famille.

Les proches parents, les parents par alliance, les
parents des parents, les amis des amis. Quand on a
un clan, on est tiré d'affaire. Chacun fait partie d'un
système d'influence. L'Italie est une grande tribu. On
s'y chamaille tout le temps comme dans la plupart
des familles. Mais sous leur apparente anarchie, les
Italiens sont stables, conservateurs.

— Et rouspéteurs! s'exclame Mario. Il a entendu
les commentaires des cinéastes autour de lui. Tout

le monde se plaint: la drogue, le chômage, la corruption.

— Tout coûte cher, acquiesce Colette. Le manque d'organisation et l'excès de bureaucratie compliquent la vie à tous les niveaux. Pourtant...

— Pourtant?

— À Rome on vit comme partout ailleurs, souvent mieux. Et on ne s'ennuie jamais!

Le garçon vient tout juste d'apporter l'agneau rôti et les artichauts à la romaine — gros comme le poing, ronds comme des oranges et farcis à la menthe.

— Maman?

L'histoire de Lucette! Évelyne l'avait presque oubliée. Que peut-elle faire pour l'amie de sa fille?

Lui téléphoner dès son retour à Montréal.

— Tu l'encourageras, tu lui remonteras le moral. Et tu tâteras le terrain, pour Andrea.

Évelyne promet. Elle est de bonne humeur. Le vin des Castelli l'a un peu grisée. Ou est-ce le repas, la compagnie? Elle regarde Mario avec bienveillance.

Il discute avec la poétesse. Il lui demande des détails sur sa tournée italienne:

— Vous êtes passée par Milan, Vérone, Bologne.

— Venise, Bergame, Gênes, Florence, Sienne et Pise. La littérature québécoise est enseignée dans neuf universités italiennes. Ici...

Des clients quittent leur table, aussitôt remplacés par d'autres. Le brouhaha empêche Évelyne d'entendre la fin de la phrase de la poétesse. Elle perd le fil, elle revoit les gardénias dans sa chambre d'hôtel. Pense à Manlio. Vivement ce soir!

Le ton monte autour d'elle. La chaleur aussi. Une table se libère à côté de la leur. Grattement de chaises sur le carrelage. À gauche, on réclame l'addition, à droite, deux *camerieri* discutent entre eux. Ils parlent vite. Quand on entend une conversation dans une langue étrangère, on a toujours l'impression que les gens parlent à toute vapeur. Tiens, le ciel s'est couvert. Pleuvra-t-il de nouveau?

Josyane ferme les yeux. Quand Mario l'a appelée, ce matin, elle lui a tout raconté dans un mouvement d'empathie. Son expérience traumatisante en Grèce, ses craintes, ses malaises.

Il a pris la chose au sérieux, lui a dit de compter sur lui. En voilà un qui l'accepte telle qu'elle est sans lui poser de conditions. Un qui l'aime. Pour Josyane, c'est bien la première fois. Les autres faisaient semblant. Elle aussi.

Maintenant, elle se sent bien. Peut-être qu'elle n'est pas enceinte, après tout. Mais si elle l'était?

Elle avisera. Elle peut tout affronter à présent. Même le pire.

Colette aussi regarde Mario. Elle pense: «Nous avons fait le même voyage, tous les deux, en sens contraire. Ses parents, en tout cas. Elle voudrait le lui faire remarquer, causer avec lui. Qu'est-ce qui pousse les gens à quitter leur vie, leur pays, pour aller s'enraciner ailleurs?»

Un instinct vieux comme le monde? Un besoin d'oxygène? Une faim de renouveau? Le grand chassé-croisé des pôles fluctuants? La misère et la peur?

Tout bouge, la mer, la terre, les continents.

Montréal est une île emportée par trois fleuves. L'Italie est une rose des vents.

Il y a deux races, songe Colette, ceux qui partent et ceux qui restent. Les fixes et les mouvants. Les nomades et les enracinés. Ceux qui n'ont pas le choix.

Elle ouvre la bouche pour le dire à Mario. Se ravise. Lui et la poétesse sont en grande conversation.

— Ici, on apprend à parler avec ses mains et avec les muscles de son visage, dit Mario. Tout le monde communique. À une époque comme la nôtre où l'on abat les frontières, ils partent gagnants.

Elle se tourne vers Évelyne, elle voudrait lui demander quelque chose. Mais devant elle, de l'autre côté de la table, Évelyne est là sans être là. Colette esquisse un geste vers son amie. Mais ce n'est pas le moment de lui parler.

Elle jette un regard involontaire sur l'enveloppe jaune, par terre, appuyée contre la chaise. Son texte. Elle ne sait plus maintenant si elle le donnera à la poétesse. Si la poétesse s'en souviendra.

Mario continue de s'épancher:

— J'aime tourner dans la rue. Chacun joue un rôle. Chacun fait passer un message. Chez les Romains, on sent comme une volonté de bonheur.

La poétesse est d'accord. Elle a eu cette impression, elle aussi. Cette impression et tant d'autres. Elle aimerait en parler. Mais le temps presse. On l'attend à la Faculté pour un vin d'adieux. Dix-sept heures, c'est loin et ce n'est pas loin. Elle a remarqué une enveloppe, par terre, à côté de la chaise de Colette. Elle la désigne du menton:

— C'est ton texte?

— Oui. Mais il n'est pas prêt.

— Les textes ne sont jamais prêts ni définitifs. Il faut les prendre comme ils sont. Dis-moi. Écrire en français quand on vit en italien, c'est facile?

— C'est faisable. Il suffit de s'y mettre. Ma langue est devenue mon pays. Au début, quand je suis arrivée à Rome, je me suis plongée dans l'italien comme dans un bain. Je découvrais les grands auteurs. Verga, Pirandello, Deledda. Patrolini, Moravia, Sciascia. Une aventure, une ivresse. Essaye d'imaginer un instant que tu n'as jamais lu les écrivains français, que tu les découvres à l'improviste: Balzac, Flaubert, Proust, Camus, Beauvoir, Duras.

Sur le moment, j'en ai oublié mon français. J'étais incapable d'écrire quoi que ce soit.

— Et puis?

— Le français est revenu. On ne peut pas renoncer à sa langue sans renoncer à une partie de soi-même.

La poétesse, cette fois, a regardé sa montre. Non, c'est la montre qui a regardé la poétesse. La poétesse établit des liens invisibles entre les objets et elle-même. Elle parle aux choses. Qui a dit que la matière est inerte? La matière vibre, elle envoie des messages. Qu'elle sait recueillir. C'est un peu magicien, les poètes.

○

L'addition.

Bref conciliabule. La poésie est invitée. On partage entre les autres, on divise, on multiplie.

Chacun se lève. On a passé un bon moment ensemble. On en voudrait tous les jours, de ces bons moments.

La poétesse s'en va, la copie de Colette sous le bras. Tous la regardent s'éloigner. Elle emporte le meilleur de chacun. Personne ne le dit jamais mais tout le monde le pense.

8

On sort de La Rampa. Le soleil est revenu. L'air est saturé d'une bruine lumineuse. La rue, la place, les façades, tout a l'air de sortir d'un songe.

À l'improviste un nuage noir, arrivé on ne sait d'où, happe le soleil. Disparaît la lumière, s'évapore l'illusion. Un vent bas s'est levé qui n'a rien d'irréel. Ils s'arrêtent, indécis.

De grosses gouttes s'écrasent sur la chaussée. La pluie les surprend au milieu de la place d'Espagne. L'averse, d'un moment à l'autre, peut devenir torrentielle.

— Il pleut bien plus fort à Rome qu'à Montréal, constate Josyane devant la soudaineté et l'abondance du phénomène.

— Allons nous réfugier au café Greco, propose Colette, c'est à deux pas.

Elle commente, mi-marchant, mi-courant:

— L'*antico caffè Greco,* sur *la via dei Condotti...*

Personne n'écoute ses explications. L'*antico caffè* est une tradition. Les lettrés du dix-neuvième siècle s'y donnaient rendez-vous. On peut voir sur les murs des signes éloquents de leur passage. Daguerrotypes, caricatures, photographies jaunies dans des cadres noircis. Mais en ce moment le vieux café Greco, pour ses amis, est surtout un refuge contre la pluie. Le café, qui date de 1760, a toujours été le refuge de quelqu'un ou de quelque chose. Il a vu défiler des générations d'écrivains italiens et étrangers, des peintres, des musiciens, des chansonniers. Cela discutait, fumait la pipe en sirotant quelque vieil élixir. Cela jonglait avec les idées, ébauchait des mondes nouveaux. Cogitait, jaugeait, délibérait.

Colette imagine Luigi Pirandello assis, taciturne, à un guéridon solitaire. Il observe les allées et venues.

Il distille la nature de chacun, il édifie dans sa tête de subtils labyrinthes. Ariane toujours l'attend au détour d'une allée. Avec Pirandello on se perd pour mieux se retrouver. Des feuillets de papier blanc témoignent devant lui de sa quête douloureuse. Il les observe en soupirant. Ce volcan, ce chaos en lui, autour de lui. Et ces fragiles signes sur ces fragiles pages. Micro. Macro. Est-ce l'homme qui... Ou le monde?

Colette pense à l'écrivain Pirandello, à l'homme qu'il a été. Si lucide, si incisif. Puis, sa pensée dévie. Elle ne peut se défendre de suivre dans sa tête l'itinéraire de son propre texte confié aux soins de la poétesse. Cette dernière le proposera, à Montréal, à la direction d'un magazine.

À quoi bon se creuser la cervelle? L'important, c'est de l'avoir écrit. L'important, c'est d'écrire.

Colette aime le vieux café Greco. Elle y vient souvent pour s'y retremper, pour humer l'air du temps. Mais elle ne dissertera pas aujourd'hui sur ses mérites. Le lieu, si suggestif, parlera de lui-même à Évelyne, à Josyane, à Mario.

○

Ils sont installés tous les quatre autour d'un guéridon, sur une banquette faisant angle. Des garçons plastronnés, en habit noir et queue de pie, circulent autour des tables. Ils prennent les commandes et apportent les consommations avec un air de profonde componction.

Josyane n'est pas impressionnée. Elle trouve l'endroit plutôt sombre et vieillot. Démodé. Elle rafraîchirait volontiers les murs et choisirait un éclairage plus vif. Mais ce sont là des broutilles. Demain, Josyane tressaille de plaisir. Demain, elle commence sa vie, elle part pour les Abruzzes. Elle fera du cinéma. Une tentative! Mario s'est fait convainquant. Elle sera Nina. Elle sera heureuse. Elle l'est déjà.

Elle a hâte de le dire à sa mère. Qui sera contente, forcément. «À l'entendre, je perds mon temps, je ne serai jamais à bout de rien. Elle va être bien étonnée.»

Le garçon en queue de pie s'approche d'elle pour prendre sa commande. Josyane hésite. Colette suggère:

— Jus de fruit, cappucino?

Elle prendra les deux. Elle fait des provisions de douceurs. Se dit, non sans un peu de mauvaise foi, que les cappucini et les glaces parfumées, dans les Abruzzes... elle n'en verra pas tous les jours.

Aujourd'hui, elle fête, elle peut manger et boire sans arrière-pensée.

○

Mario inspecte les lieux d'un œil appréciateur. Les murs tendus d'étoffe damassée dont le rouge cramoisi est devenu lie-de-vin; les divans et les fauteuils recouverts de velours aux teintes assorties; les salles en enfilade dans le style Belle Époque. Les guéridons à plateau de marbre et pied de fonte. Et tous ces miroirs mouchetés au tain terni par les ans, ces lithos, ces photos. Une atmosphère! Un cadre idéal pour le tournage d'un film dans l'esprit de Mauro Bolognini ou de Luchino Visconti.

Mario fantasme, il rêve les yeux ouverts. Il se voit dirigeant Claudia Cardinale ou Ornella Muti en robes d'époque. Il évoque Silvana Mangano investie de son air 1900. En rêve tout est permis, même ressusciter les morts. Au cinéma aussi. Un jour, il tournera à Cinecittà.

Mario, cependant, a les deux pieds sur terre. Il est ici pour tourner une séquence de son film — son film! — à Fontevecchia. Il se penche vers Josyane.

— Demain nous partons tôt. Je passerai te prendre à sept heures.

Évelyne jouit de l'atmosphère du café. Elle lui trouve un petit air parisien, un air Zola, un air Verlaine-Rimbaud. Elle se trompe. Il n'y a jamais eu, ici, de buveurs d'absinthe, de fumeurs d'opium. Mais qui sait? Gabriele D'Annunzio était un fameux oiseau. L'endroit lui plaît. Elle y reviendra, demain, en compagnie de Manlio.

Elle se voit, elle et lui, descendant la *via Nazionale* depuis la place de la République jusqu'à la place du Quirinal. Ils admirent le dessin de la place, sa fontaine flanquée des statues dressées de Castor et Pollux. Les voilà s'acheminant vers les marchés de Trajan, vers le Forum et la Colonne du même nom. C'est son parcours préféré, sa voie royale, le seul qu'elle connaisse vraiment. Elle compte sur Manlio pour lui en faire découvrir de nouveaux.

Ils doivent maintenant affronter la chaos délirant de la place Venise. Manlio lui prend affectueusement le bras. Appuyés l'un à l'autre, tour à tour rapprochés puis divisés par le mouvement de la foule, ils remontent la *via del Corso* jusqu'à la *via dei Condotti* qu'ils parcourent d'un pas un peu traînant jusqu'au *Caffè Greco*. Là, ils se laissent choir d'un même mouvement sur le velours d'une banquette. Ils se regardent, fatigués et heureux. Ils se taisent sans doute pour mieux capter le moment. Évitent de penser à l'avenir.

L'avenir l'un sans l'autre. Pour elle, l'avenir sans personne.

Évelyne décide de rentrer sans plus attendre à Montréal. Elle prendra le premier avion disponible. Elle ramènera Josyane avec elle. Mettra au point un programme d'études pour sa fille. N'aura de cesse que Josyane étudie et donne ses examens. «Son jeune cinéaste ne l'en estimera que davantage.»

Elle regarde droit devant elle. Ses yeux parcourent sans la voir la perspective des salons, s'arrêtent sur le grand miroir qui en souligne la limite. C'est une glace imposante flanquée de paysages peints à l'huile. L'intérieur du café s'y reflète avec ses guéridons et ses clients dans un chassé-croisé de lumières et de gestes.

Soudain, Évelyne est comme frappée de stupeur. Dans la glace, elle aperçoit Jean-Luc et Alicia installés devant une tasse de thé, en grande conversation. Comme elle, comme tout le monde, ils ont atterri à l'*Antico caffè*.

Par le truchement du miroir, elle les observe à son aise. Ils discutent tous les deux. Elle les regarde, elle ne peut faire autrement. Ils sont là, juste devant elle, Jean-Luc de dos, Alicia de profil. Mais, dans la glace, Jean-Luc lui fait face.

Que peuvent-ils bien se raconter?

— Nous déménagerons, dit Alicia. Nous n'habiterons ni chez l'un ni chez l'autre, mais chez nous. Et nous aurons chacun notre chambre. Et chacun notre salle de bains, ajoute-t-elle, se souvenant du Schopenhauer sourcilleux au-dessus de la porte de la salle d'eau. Elle refrène une envie de rire, qui pointe tout de même dans sa voix. Nous nous rendrons visite. Nous nous verrons par goût, jamais par habitude.

Jean-Luc fond devant la tendresse d'Alicia. Devant son humour aussi. Schopenhauer. Le frigo dégarni. L'*opuntia*. C'est lui, le vieux cactus!

Nè creator, nè creatura mai, figliuol, fu sanza amore. Ni Dieu ni personne ne peut se passer d'amour.

Le temps est venu pour lui de déposer les armes. Peut-il combattre à la fois Dante et Alicia?

Ce n'est d'ailleurs ni Dante ni Alicia qu'il combat. C'est son propre égoïsme. Il l'a toujours su mais, toujours, il s'est bouché la vue.

Ti colse nebbia, per la qual vedessi Non altrimenti che per pelle talpe. Tu as toujours cheminé dans la brume, tu ne vois pas plus loin qu'une taupe. (Le Purgatoire, XVIIᵉ chant.)

Usci fuor di tal nube ai raggi del sole. Sors de tes nuages à la lumière du jour.

— Amen! dit Jean-Luc en se penchant en riant sur Alicia.

— Amen, répond celle-ci en se rapprochant de lui.

Jean-Luc prend les mains d'Alicia du geste qu'on a pour conclure une entente. Puis il lève les yeux.

Il aperçoit alors Évelyne qui l'observe par image réfléchie. Leurs regards se croisent, ils figent tous les deux. S'ils s'attendaient à se retrouver dans un miroir! Puis Jean-Luc se reprend, il ébauche un sourire, tourne lentement le buste en direction d'Évelyne. Il lui sourit directement, cette fois, sans l'aide de la glace.

Alicia se retourne à son tour, la regarde d'un air pensif, bienveillant.

Le visage d'Évelyne se durcit, ses lèvres refusent de sourire. La griffe du dépit lui écorche le cœur. Elle esquisse un maigre geste de salut.

Jean-Luc et Alicia se lèvent d'un commun accord et se dirigent vers elle. Ils lui serrent la main.

— Vous assisterez à la conférence de Jean-Luc? demande Alicia.

— Bien sûr. Mais j'aurais aimé vous voir plus à loisir. Vous resterez à Rome?

— Je partirai le lendemain de la causerie, répond Alicia, soit mercredi prochain.

Elle vient de modifier ses projets sur l'inspiration du moment.

— Je prendrai l'avion avec toi, dit Jean-Luc.

Il est presque surpris par le son de sa voix. Il a pensé tout haut. Une décision éclair. Alicia le remercie d'une pression sur le bras.

— Au revoir.

— À bientôt!

Quand ils s'éloignent, Évelyne ne se retourne pas. Elle se sent vide, soudain. Ulcérée. À côté d'elle, Josyane et Mario sont penchés sur une carte. Mario indique à Josyane l'endroit exact où ils tour-

neront sur les hauteurs du haut plateau des Roches.
Il s'interrompt.

— Fais voir à ta mère où nous nous trouverons
durant les jours qui viennent.

— Nous partons demain, maman. Nous tournerons un film dans les montagnes. Mario me donne
un rôle, il veut que je sois «Nina».

Elle se lève, tout sourire, s'approche d'Évelyne
pour l'embrasser. Mario intervient:

— Nous tournerons une séquence dans les
Abruzzes, ensuite nous terminerons le film à
Montréal. Josyane a beaucoup de talent, j'en suis
certain.

Évelyne recule sur sa chaise, évite Josyane qui se
penchait sur elle.

— Du cinéma? Un tournage dans les montagnes?
As-tu perdu la tête? Tu dois finir tes études, tu as
des examens à donner.

— Mario m'offre la chance de ma vie. Je ferai
d'abord ce film, ensuite nous verrons.

— C'est tout vu. Nous rentrons ensemble à
Montréal. Tu ne voudrais pas rester une ignorante
toute ta vie?

— Maman, tu parles comme papa.

Ressembler à Marcel, l'insulte suprême!

— Je vous en prie, madame, dit Mario en se levant à son tour, il s'agit seulement d'un essai. Nous
serons de retour dans une dizaine de jours.

Évelyne ravale péniblement. Le ciel vient de lui
tomber sur la tête. Que dire? Que faire?

— Je croyais que tu aurais été contente, dit
Josyane dans un souffle. Pour une fois que je fais
quelque chose!

Cela fait une vie que ses parents la harcèlent, lui
reprochent ses insuccès scolaires, ses amis impos-

sibles. Sa démotivation. Ils ne l'empêcheront pas de partir avec Mario, de faire du cinéma. De faire sa vie.

— Quand je reviendrai dit-elle, regardant Évelyne droit dans les yeux, j'irai vivre avec une amie. Tu n'auras plus de soucis, tu n'auras plus à t'occuper de moi.

— Josyane!

— Et salue bien papa de ma part.

La jeune fille sort du café, Mario sur ses talons. Elle se retourne sur le seuil et fait un geste en direction d'Évelyne. Un geste affectueux. Un geste d'adieu.

Colette, entre temps, s'est éloignée à la recherche du garçon. Elle revient, elle a réglé les consommations. A réglé aussi un vieux compte avec elle-même.

Elle a eu un sursaut de refus tantôt. Tous ces écrivains, au cours des décennies, qui ont flâné aux tables du café Greco, discourant. Écrivant.

Et les femmes? Et elle-même? Toujours embastillées, condamnées à l'accomplissement de choses menues, urgentes. Quotidiennes.

Elle en sortira. Qui l'en empêche?

— Ciao, Évelyne! Je t'attends demain à la maison. Tout le monde a hâte de te connaître!

Évelyne aussi a hâte de connaître le mari, les enfants de Colette. C'est comment une famille italienne?

Elle devrait se lever, elle aussi. Regagner son hôtel. S'habiller. Elle reste assise, hébétée.

Josyane, sa petite fille. Sa petite sœur de lait comme elle l'appelait, bébé. La tétée de l'enfant lui communiquait un sentiment de force, de plénitude jamais éprouvé auparavant. Elles se nourrissaient mutuellement, elles croissaient toutes les deux.

À peine l'enfant sevrée, la lutte sournoise s'était engagée entre elle et Marcel. Elle avait négligé Josyane, un vide s'était creusé.

Maintenant, elle se propose de venir en aide à sa fille, de se rapprocher d'elle. Mais Josyane s'en va. Elle se passera de sa mère comme elle l'a toujours fait. Ou n'est-ce pas plutôt elle, Évelyne, qui devra se passer de Josyane?

Envie, amertume. Frustration.

Elle s'y est prise trop tard. Son enfant est une femme. Une femme qui a grandi sans elle. Une inconnue qui n'est plus là.

Évelyne s'invective avec hargne et désespoir. Elle voudrait disparaître, se volatiliser.

Évelyne se secoue. En finir avec ces idées creuses. Sortir, se mêler à la foule. Elle hésite, cependant, sur le seuil du café. La voilà délestée de tout, et délaissée. Seule jusqu'au vertige. Marcel, Jean-Luc, Josyane. Elle n'a plus personne à haïr, à aimer, à aider. Elle n'a plus qu'elle, et elle ne s'aime pas.

Ce soir, Manlio, demain aussi. Pour deux jours, pour trois jours. Ensuite?

Évelyne frissonne. La panique cogne à son cœur comme un souhait de mort.

Sa vie est vide. Son cœur aussi. Qui est-elle, à la fin, avec ses cours d'histoire de l'art et ses propos savants?

Une femme seule, et qui n'est pas contente de l'être. Elle a tout gaspillé. Ses sentiments. L'ardeur de ses pulsions, le feu de son esprit.

Elle était jeune, exaltée. Dressée sur la pointe de son cœur, elle voulait décrocher le bonheur. Elle s'acharnait, recommençait.

Elle a, au plus, crevé quelques nuages comme la «Chimère» qu'elle était. Se dresser de nouveau?

S'arquer, se relancer? Elle a perdu ses points d'appui.

Elle ne veut plus rentrer. Elle ne peut pas rester. Que faire, où aller?

Évelyne se sent prisonnière d'un schéma négatif. Elle perd toujours. Non! Elle a un sursaut. Elle refuse. Elle n'a pas perdu Jean-Luc. Elle le reprendra, si elle veut.

«Je pars mercredi prochain après la causerie», lui a dit Alicia.

Mercredi, c'est dans une semaine.

«Je prends l'avion avec toi» avait répondu Jean-Luc. Évelyne se met à penser fébrilement. Elle pourrait s'embarquer sur le même vol et jouer la surprise:

— Quelle coïncidence!

Elle leur offrirait des journaux, des revues. Elle aurait commandé du champagne au préalable, ils le boiraient à sa santé.

Elle ferme les yeux. S'imagine à bord de l'avion, vit la scène en esprit. Établit sa tactique.

Elle se concentre sur Alicia en ignorant Jean-Luc. Il se sent piqué, à la longue. Le voyage dure à peu près huit heures. Elle fait parler Alicia de son travail, de ses projets. Elle se montre intéressée, en redemande. Une fois à Montréal, elle la relance. L'invite. Des concerts, des pièces de théâtre, des expositions. Elle se mettra à sa disposition.

Jean-Luc devra partager Alicia avec elle. Elle est généreuse, Alicia, et sensible. Elle comprendra son désarroi, elle devinera son désespoir.

Elle est forte, aussi, et pleine de ressources. Elle a tout. Tandis qu'elle, Évelyne, n'a rien. N'est rien. Elle n'a eu que Jean-Luc, un presque prêtre, un intouchable. Et voilà qu'il est redevenu un homme comme tout le monde.

Qu'il s'en va, bras-dessus bras-dessous, avec une femme comme si de rien n'était. Une femme qui n'est pas elle, Évelyne.

Elle reprendra sa place. Son dû. Quand elle était jeune, elle pensait à Jean-Luc en disant: «Celui-là, c'est le mien.»

Dans une semaine, elle pourrait monter sur le même avion que lui, rentrer au pays avec lui. Rentrer dans sa vie.

Est-elle obsédée, cynique, aliénée?

L'excitation d'Évelyne tourne court.

— Je suis folle, pense-t-elle. Folle à lier. Poursuivre Jean-Luc après toutes ces années. Vraiment!

Pour commencer, qu'est-ce qu'elle en ferait de Jean-Luc? Ce poisson froid. Cet homme égocentrique qui n'a jamais rien donné à personne.

Il ne l'intéresse plus, il doit sortir de sa vie. Elle était curieuse, voilà tout. Et son amour-propre saignait. L'avait-il reconnue? Avait-il eu connaissance de son manège amoureux jadis?

Évelyne est fixée. Il vient de lui sourire dans le miroir. Il lui a souri aussi hors du miroir. Il ne cache plus ses sentiments. Il n'a plus peur d'elle. C'est un homme mûr, à présent.

Elle aussi, elle est une femme mûre.

— Pas tant que ça, lui murmure la voix à l'intérieur d'elle-même. Tu es jeune encore, et belle. Tu as une vie devant toi.

Évelyne reste bouche bée. La petite voix ne la raille plus, la petite voix prend sa défense! Elle a donc changé?

— C'est toi qui as changé.

Des larmes lui montent aux yeux, brillent fugacement sur le bord de ses cils. Elle en perçoit soudain la lumière irisée. Elle voit les choses d'un regard neuf.

«À Rome on trouve ce qu'on apporte, et quelque chose de plus.» C'est Colette qui l'a dit, ou Manlio, ou Alicia? Peu importe.

Dans la vie aussi on trouve ce qu'on apporte, ce que l'on donne.

Qu'a-t-elle donné à Marcel, à Josyane, à Manlio? À ses élèves? Elle attendait tout de tout le monde.

— Donne, et tu recevras.

Toujours la petite voix dans son for intérieur. Elles sont amies, maintenant, réconciliées.

Évelyne essuie ses yeux du revers de la main. Le soleil brille, une cohue entraînante envahit la chaussée. Elle franchit le seuil d'un pas décidé.

Dehors Rome la réclame. La vie aussi.

Elle est libre. Elle s'élance.

Achevé d'imprimer
en août 1992 sur les presses
des Ateliers Graphiques Marc Veilleux Inc.
Cap-Saint-Ignace, Qué.